AF222702

Björn Kiehne

Madame, Antoiin und die Liebe zu den Sternen

Edition Ilsestein

Bibliographische Information der Deutschen Bibliothek

Die Deutsche Bibliothek verzeichnet diese Publikation in der Deutschen Nationalbibliographie; detaillierte bibliografische Daten sind im Internet über http://dnb.ddb.de abrufbar.

Impressum

Björn Kiehne
Madame, Antoiin und die Liebe zu den Sternen
Edition Ilsestein
Cover: Dusica Dimitrovska
Lektorat und Layout: Julia Rintz

Herstellung und Verlag:
BoD – Books on Demand, Norderstedt 2024

ISBN: 978-3-7583-3144-2

Inhalt

Das Tal

Sie spürte das Tal auf ihrer Haut. Die Äcker, die in der Frühlingssonne dampften. Das Wasser, das unsichtbar durch das Gras in den Bach lief. Es sprang über die Steine, als könne es nicht erwarten, diesen Ort zu verlassen – anders als sie. Sie würde hierbleiben bis zuletzt. Der Himmel über ihrem Tal, das war der einzige Ort, an den sie ziehen wollte.

Als Kind hatte sie sich gewünscht, von hier wegzukommen, dorthin, wo das Meer rauscht und alle Namen, die Menschen in den Sand schrieben, verwischt. Sie war ein Leben lang vom Meer umgeben, das blau glühende Mittelmeer im Süden, der hungrige Atlantik, wütend grün schäumend, im Westen. Doch der Mann, der sie heiratete und damit aus der dunklen Enge des elterlichen Bauernhofs befreite, hatte Angst. Winde beunruhigten ihn, Wellen ängstigten ihn, jede Form von Unordnung war ihm zuwider. Frieden fand er nur in den ellenlangen Tabellen der Einkünfte und Ausgaben von kleinen Unternehmen, deren Buchhalter er war.

Drei Kinder hatte sie für ihn großgezogen, und alle passten fein säuberlich in die für sie vorgesehenen Spalten. Sträubten sie sich dagegen, wurde er, der die Ordnung liebte, unordentlich, ein ärgerliches Meer, ein schmutziger Sturm. Es dauerte manchmal Stunden, ehe sie das Chaos im Haus gebändigt und die blauen Flecken der Kinder mit Pusten und Liedern versorgt hatte.

Ein kalter Windhauch strich über ihre Haut. Sie vermisste ihn nicht. Doch die Kinder vermisste sie, als fürsorgliche Mutter. Die aber lebten ihr Leben in Paris – einem weiteren Ort, den sie nie gesehen hatte.

Die Nachrichten jedoch reichten ihr, um sich vorzustellen, wie es da aussah. Laut war es und belanglos. Ihre Kinder hatten sich in dieser urbanen Melange vollkommen aufgelöst. Von dem Bubu und Pubspubs war nichts mehr geblieben. Sie waren nicht mehr ihre Kinder, die Stadt hatte sie übernommen und ernährte sie mit Beschäftigungen, für die ihre Fantasie nicht ausreichte, um sie sich vorzustellen. War sie ein schlechter Mensch, so zu denken? Sie lächelte, ein bisschen, ja, endlich ein bisschen.

Auf der anderen Seite des Tals lebte Monsieur Chabrol. Er war ihr einziger Nachbar, ein pensionierter General. Er hatte trotz seiner 77 Jahre noch eine blonde Tolle, die über seiner sonnengegerbten Stirnhaut wippte. Die Jahre als Soldat hatten seinen Körper gestählt. Sein breiter Brustkorb schien ständig die Luft anzuhalten. Seinen Gesprächspartnern gab er damit den verunsichernden Eindruck, dass er Luft sammelte, um ihnen im nächsten Augenblick Befehle zuzuschreien. Doch das hatte Monsieur Chabrol lange hinter sich gelassen. Das einzige harte Regiment, das er noch führte, war das über Hecken und Rabatten seines Gartens. Alles aufrecht, alles in Reih und Glied. Aber, da war sich Madame sicher, er hatte ein weiches Herz. Jeden Abend wartete er in der Dunkelheit seiner Küche darauf, dass sie die Kerze entzündete. Das verabredete Zeichen: Sie lebte. Dann zog er die Streichhölzer aus dem kleinen Fach unter der bleich geschruppten Tischplatte und machte wiederum seine Kerze auf dem Fenstersims an. Sie lebten beide. Sie lebten, und das war doch etwas.

Und sie waren nicht allein. Jeden Tag kam der Postbote, selbst wenn er nichts lieferte. Die Kinder hatten ihn beauftragt, nach den Alten zu sehen. Er bekam dafür eine symbolische Anerkennung. Abdul gefiel es. An vielen Tagen in seinem früheren Leben hätte er sich den Frieden in diesem Tal nicht einmal vorstellen können, dass es auf der Welt einen Ort gab, an dem die Vögel die lautesten Geräusche machten. Er hörte in seinen Träumen noch immer Gewehrsalven, hörte

Gebrüll, Schlagstöcke, Funken, die früher oder später den ganzen Himmel sprengen würden.

Madame Claude kannte seine Ängste. Er hatte schon oft an ihrem Küchentisch gesessen und sie hatten zusammen Tee getrunken. Er legte den Besuch im Tal extra an das Ende seiner Arbeitstage, um Zeit zu haben. Sie erhitzte dann umständlich Wasser in einem verbeulten Messingkessel, der beim Pfeifen stotterte. Wenn der Wasserdampf durch die Küche wirbelte, erzählte sie vom Universum: „Weißt du, Abdul, wir sind nicht mehr als Wasserdampf und Staub." „Den Allah zusammengebracht hat", antwortete er dann entschieden. Madame Claude nickte. Wer wusste schon, was oder wer das große Ganze aus seinen Einzelteilen erschaffen hatte. Es war nicht wichtig. Sie war davon überzeugt: Was zusammengesetzt war, zerfiel wieder in seine Bestandteile. Das hatte sie schon tausendfach beobachtet und das reichte ihr als Lebensphilosophie. Draußen und drinnen.

Sie erzählte Abdul von den Sternen. Schon als Mädchen hatten sie sie fasziniert. Sie war aus dem Fenster im ersten Stock, aus dem Zimmer, das sie sich mit drei Schwestern teilte, in den Walnussbaum geklettert hinunter in den Garten, um auf einem der Hügel den Himmel zu betrachten. Und sie sprach mit ihm. Jeden der Sterne kannte sie mit Namen und wenn nicht, gab sie ihm einen. „Wie geht es euch? Was ist los in der Milchstraße?"

Morgens müde in der Schule wartete sie sehnsüchtig auf den Physikunterricht. Einstein und Madame Curie waren ihre Helden. Sie kannte ihre Biografien auswendig und sah sich später selbst als Frau mit weißem Bart und wirren Haaren, die an einer grünen Tafel die Geheimnisse der Welt erläuterte. Doch daraus wurde nichts. Weder wuchs ihr ein Bart, noch konnte sie ihr Wissen über Physik und Chemie vertiefen. Die Lehrer gingen zu schnell zu verwertbaren Themen über. Denn das waren ihre Bestimmungen: Zwei Hände ohne Kopf sein, Frauen von Männern, Mütter von Kindern, in Kinderzimmern, in Ställen, auf dem Feld.

Aber sie hasste Erde auf ihrer Haut, sie ertrug das Gefühl nicht. Das Jucken trieb sie in den Wahnsinn. Eine Zukunft auf den Äckern? Nie! Als sie sechzehn war, kam Monsieur Claude, und mit ihm kam die Rettung.

Seine Erscheinung hatte nichts von Staub und Erde. Er schien dagegen direkt aus einer Waschmittelreklame zu entstammen, die zu dieser Zeit, als optischer Kontrast zur Ärmlichkeit der Dörfer, an den Straßenrändern stand. Sein Hemd war gestärkt. Sein Scheitel makellos, sein Lächeln gekonnt. Er sah Madame Claude, die damals Madeleine hieß, und verliebte sich in sie. Verlieben hieß für ihn, er integrierte sie in eine seiner endlosen Zahlentabellen, und zwar in die Rubrik: Haushalt und Kinder. Eine Spalte, die schon lange leer stand (er war 35). Ein Schauer des Behagens durchfuhr ihn, als er merkte, dass sie eine Leerstelle in seinem Leben füllen könnte, und er kontaktierte ihren Vater. Der war froh, so früh schon eines der Mädchen zu verheiraten, was für ihn hieß, sie aus einer seiner Kostentabellen herauszustreichen, und er gab sie ihm bereitwillig mit. Madame schwebte auf Wolken, dort, wo sie der Staub der Felder nicht erreichte.

Die Hochzeit war schlicht. Der Priester sprach so positiv vom Bund der Ehe, der, wie der Bund, den Gott mit den Menschen durch Jesus Christus geschlossen hatte, heilig war. Madame glaubte ihm aufs Wort, auch als ihr frisch vermählter Ehemann schmerzhaft in sie eindrang, um sich nach dem Erguss keuchend von ihr abzuwenden und „Mach das sauber" sagte. Worte, die sie in den danach folgenden 57 Jahren noch oft hören würde.

Jetzt war er tot. Sie ließ sein sauberes Grab (er hatte sich Marmorplatten, die das ganze Grab bedeckten, gewünscht) verwildern, indem sie Löwenzahn ermutigte, in den Rissen des Steins zu wuchern, die sie selbst mit einem kleinen Hammer geschlagen hatte. Sie goss und düngte ihn. Nein, sie war kein ganz guter Mensch mehr. Aber sie war frei.

Freiheit lässt sich nur durch Einsamkeit erkaufen, das hatte sie einmal gelesen. Sie hielt es aber für Unsinn – Einsamkeit war Freiheit. Sie dachte weder über die Vergangenheit nach, noch sorgte sie sich um die Zukunft. Sie fand in jedem Augenblick eine Beschäftigung und hier und da ein kleines Wunder.

Zum Beispiel die Rehe morgens auf der Wiese am Bach. Der Nebel, der für Augenblicke zu tanzen schien, ehe die Morgensonne ihn auflöste. Der Vogelschwarm, der vor den Wolken für eine Sekunde zu einem Körper verschmolz. Sie war nicht glücklich, aber zufrieden.

Jede Woche rief eines ihrer Kinder aus Paris an. So hörte sie also in drei Wochen von allen dreien, es sei denn, dass sie die Anrufpflicht untereinander tauschten. Madame Claude stellte sich vor, in welcher Tauschwährung: Okay, ein Cappuccino, die Kinokarte, ja, ja, ich wasche dein Auto dafür, wenn du Maman anrufst. Wieviel war sie ihnen wert? Es war ihr egal.

Die Testamentseröffnung

Es roch nach altem Holz. Wie in einem Sarg, sagte sie zu sich selbst. Aber nicht meiner. Noch nicht. Die Testamentseröffnung hatten alle mit Spannung erwartet. Die Kinder waren aus Paris angereist. Ein seltener Besuch. Sie saßen da, als würden sie sich einen letzten Tadel ihres Vaters abholen. Dieses Mal einen schriftlichen, weihevoll von einem vertrockneten Beamten vorgelesen.

Geld interessierte sie nicht. Das Leben der Familie war immer karg gewesen und keiner im Raum hätte vermutet, was der Notar verkündete. Er saß für einige Augenblicke starr auf dem alten Bürostuhl. Seine Haut schimmerte wie das polierte Holz der Paneele im Hintergrund. Das Gesicht schien sich aus dem Gemälde irgendeines depressiven Malers des neunzehnten Jahrhunderts an der Wand gelöst zu haben. Es zeigte Napoleon, den Siegreichen, der in einer Hinterstube seines Geistes wusste, was in Waterloo geschehen würde. „Ich freue mich, dass Sie alle vollzählig erschienen sind", begann er dann mit tragender Stimme, doch ein Rumpeln vor der Tür unterbrach ihn. Die fünf Enkelkinder nahmen das Vorzimmer auseinander. Suzanne sprang aus dem Stuhl hoch, stapfte zur Tür, riss sie auf und schrie zu laut für das alte ehrwürdige Gebäude: „Ruhe!!" Dann schloss sie die Tür und kehrte zu ihrem Platz zurück, setzte sich und lächelte. Madame dachte, sie ist ihrem Vater immer am ähnlichsten gewesen. Suzanne liebte Ordnung und verteidigte sie lautstark.

Der Notar hüstelte. Kein anderer im Raum verzog das Gesicht. Sie kannten Suzanne. Sie war ein Vulkan, dessen Krater der Alltag mit einer dünnen Schicht Asphalt geschlossen hatte. „Ihr Vater, Ihr Vater war ein überaus", er räusperte sich wieder, als wolle er jeden im

Raum einladen, diesen Halbsatz für sich zu vollenden (übler Stinkstiefel, Pedant, Verrückter), „wohlhabender Mann." Alle außer Madame Claude sahen ihn erstaunt an. Sie wusste, dass Monsieur jeden Pfennig zweimal umgedreht und in einem riesenhaften, lutherbibelschweren Buch alle Ein- und Ausgaben notiert hatte. Ihr hatte er das Haushaltsgeld nur unter Vorlage eines Finanzplans ausgehändigt, in dem sie darlegte, was sie zu kaufen gedachte, während das Übrige über die Jahre angewachsen war.

Monsieur selbst hatte gern dicke Zigarren geraucht, ziemlich teure dazu, aber heimlich, in dem Raum, den er hochtrabend „die Bibliothek" nannte. Es war der dunkelste Ort im Haus. Nicht einmal ein genügsamer Farn hatte hier überlebt. Den Kindern fielen die Augen förmlich aus dem Gesicht, als der Notar die Summe nannte, die an Geld auf einem Konto lag. Und dann schnappten diese wieder zurück in ihre Höhlen, als er verkündete, dass alle Vollmacht über das Geld bis zu ihrem Ableben bei Madame lag. Sie gingen leer aus. Was jeder für sich, auf seine persönliche Art und Weise, ungerecht fand.

Madame Claude war erstaunt über ihren Mann. Sie hätte eher erwartet, dass er das Geld irgendeiner abstrusen Gesellschaft für Tabellen oder Geometrie vermacht hatte und sie mit dem Pflichtteil abspeiste. Doch das hatte er nicht, und sie lächelte ihm in Gedanken zu. Wobei sie nicht wusste, ob sie dabei nach oben oder nach unten schauen sollte. Das Haus und alles Geld gehörten ihr. Inklusive der Freiheit, die er ihr hinterließ.

Das Verhältnis ihrer Kinder zu ihr veränderte sich dadurch sofort radikal. Waren sie bisher eher gleichgültig bis genervt von ihr gewesen, zeigten sie eine neue Form der Fürsorge. Jan erzählte ihr von seinem Traum, eine eigene Praxis aufzumachen. Bis dahin hatte Madame nicht einmal gewusst, dass er in seinem wirren Kopf so etwas Sortiertes wie Träume hatte. Suzanne sprach von den Privatschulen, auf die sie ihre Eleven schicken musste, damit sie nicht hinter den

Kindern der Kollegen ihres Mannes zurückzufielen, und Jacques fantasierte von einer größeren Wohnung im 16. Arrondissement. Madame hörte sich alles aufmerksam an und ließ ihre Kinder dann mit leeren Händen und ohne ein Versprechen zurück in die Hauptstadt fahren. Sie selbst nahm ein Taxi ins Tal, in dem sie mit Monsieur Chabrol zum Tee verabredet war.

Warum er bei der Fremdenlegion gewesen war, die er heute nur „die Legion" nannte, als wäre sie die einzige Armee der Welt, blieb Madame Claude verborgen. Sie nahm aber an, dass er sich selbst hatte loswerden wollen. Damit beschrieb sie das Bedürfnis eines Menschen, nicht mehr da sein zu wollen. Kurzum, sie vermutete in ihm eine zarte Seele. Eine, die eher an den Rosen roch als an Gewehren. Nach seiner Pensionierung fand diese Seele ein Betätigungsfeld: Sein Garten war ein kleines Versailles. Es blühte, brummte und duftete, aber alles im exakt abgesteckten und peinlich genau gepflegten Rahmen der Buchsbaumhecken. Diese waren das zweite Ich des Monsieurs. Sie durften genauso wenig sie selbst sein – wie er es sich selbst gestattete, denn endete einmal die peinliche Pflege, dann umrankte eine wilde Kraft alles und würde letztlich auch ihn verschlingen.

Madame Claude wusste um diese Kraft und respektierte die Entscheidung des Monsieurs, ihr nicht freien Lauf zu lassen. Sie genoss seine militärisch genaue Aufmerksamkeit. Er deckte den Kaffeetisch mit einer Akkuratesse, die in Frankreich und darüber hinaus ihresgleichen suchte. Doch neben dieser Ordnung, neben der glänzenden Perfektion des Porzellans lag immer eine geblümte Serviette. Sie würden den Tee in Monsieur Chabrols Wintergarten einnehmen. Madame Claude sah von hier aus ihr Haus: die sandfarbenen Steine, das silberne Schieferdach, Tauben, die nebeneinander auf dem Dachfirst gurrten.

„Wie war es?", fragte er sie, nachdem sie sich mit einem Seufzer auf dem Stuhl niedergelassen hatte. Sie lächelte ihn geheimnisvoll an. „Ich weiß es nicht." Monsieur Chabrol schwieg und schenkte ihr behutsam etwas Tee ein. Der dampfte in der Tasse wie ein Orakel und Madame nahm einen kleinen vorsichtigen Schluck.

Monsieur Chabrol hörte ihr aufmerksam zu. Er war ein sehr guter Zuhörer und Beobachter. Er bemerkte immer auch die allerkleinsten Bewegungen. Auch das Stolpern einer Ameise auf einem Blatt entging ihm nicht.

Madame erzählte vom Erbe, von der Reaktion der Kinder und davon, dass sie zwar nicht wusste, was mit dem ganzen Geld anzustellen war, dass es aber ihre Kinder dafür umso besser wüssten. Monsieur Chabrol lachte. „Und was haben sie jetzt vor?"

„Mein lieber Monsieur, genau das weiß ich eben nicht. Aber seien Sie sicher, ich finde es heraus!"

Die letzten Worte hatte sie mit Nachdruck gesprochen. Monsieur Chabrol zweifelte nicht daran, dass Madame etwas einfallen würde. Er kannte sie lange genug. Die schweigsame Frau neben einem raumfordernden Mann. Die fürsorgliche Mutter. Doch da war etwas anderes an ihr. Er hatte sie bei Nacht auf dem Dach ihres Hauses stehen sehen. Sie stand da und betrachtete die Sterne, während das Tal unter ihr schlief.

*

Abdul schleppte schwer. Es waren mehrere unhandliche Pakete, die er abzuliefern hatte. Er schwitzte, als er sein Lastenfahrrad die letzten Meter in Richtung des Hauses von Madame schob. Dabei bewegten sich seine fein geschwungenen Augenbrauen wie die Taktstöcke eines Dirigenten. Madame stand verzückt am Küchenfenster und schlug vor Aufregung die Hände zusammen. „Abdul, Abdul, hierher!" Der Postbote mühte sich sichtlich ab, legte aber dann ein Paket nach dem anderen mit einem Schnaufen, aber behutsam auf den

Tisch neben der Eingangstür. „Um Himmels Willen, Madame, was ist da drin? Was haben Sie sich aus den unendlichen Weiten des Internets bestellt?"

Abdul liebte Science-Fiction-Bücher, das merkte man an seiner Wortwahl. Alles, was er tat, war ein Schritt im All. Sein Fahrrad war ein Raumschiff, Frankreich ein anderer Planet, auf dem er nie vollkommen landen würde können.

Madame antwortete nicht. Sie reckte sich und winkte hinüber zum anderen Haus im Tal, in dem Monsieur Claude die Fensterbänke reinigte. Als der sie sah, winkte er zurück, legte seine grüne Haushaltsschürze ab und spazierte herüber.

„Bitte, Monsieur, bauen Sie es mir zusammen?"

„Was ist es denn?"

„Ein Raumschiff!", flüsterte Abdul andächtig.

Aber das war es nicht, es war ein Teleskop. Eines von gewaltigen Ausmaßen. Eines, das nicht in einen Privathaushalt, sondern eher an das Institut einer Universität gehörte.

Abdul und Monsieur Claude hievten die Pakete gemeinsam die schmale Treppe hinauf auf den Dachboden. Hier hatte Madame Platz geschaffen, indem sie die alten Ordner ihres Mannes Stück für Stück aus dem Fenster geworfen und in der Papiersammlung verschwinden lassen hatte. Die beiden Männer stellten die Teleskopteile unter das Dachfenster. Sie schraubten, schmierten, zogen, drehten, wischten – und traten dann zufrieden einen Schritt zurück. Madame entfuhr ein tiefer, leidenschaftlicher Seufzer. Sie warf einen Blick in die heraufziehende Dämmerung, nahm sich einen Tee mit unters Dach und begann das Warten auf die Dunkelheit.

Suzanne stockt der Atem

Suzanne hatte vom Teleskop von ihrer Mutter selbst erfahren, am Telefon. Den Preis hatte sie im Nachhinein im Internet recherchiert. Und der war es, der sie unendlich aufregte: 22.455! Sie hatte vor Schreck das Atmen vergessen. Dieses Geld gehörte der Familie! Es gehörte ihren Kindern. Es gehörte ihr! Sie versuchte ihre Mutter in unzähligen Telefonanrufen davon zu überzeugen, das Gerät wieder zu verkaufen. Auch das hatte sie recherchiert. Sie würde sicher, gebraucht, bis zu 18.000 dafür bekommen. Doch ihre Mutter ließ sich nicht überzeugen.

Dann brachte Suzanne ihre Geschwister gegen das Teleskop auf. Doch der eine sagte, dass sich Mutter durchaus mal etwas gönnen konnte, und der andere sprach von kosmischem Bewusstsein und das Eingehen und Zurückgehen in ein All, aus dem sie alle ursprünglich entsprungen waren, und das Teleskop sei nun eben der erste Schritt ihrer Mutter ins Jenseits. Suzanne kam so nicht weiter. Ihr musste etwas anderes einfallen. Etwas Wirksameres, etwas, das ihre Mutter davon abhielt, noch mehr Geld auszugeben.

*

An einem Dienstag, Madame Claude würde sich ihr ganzes Leben lang daran erinnern, kamen weitere Pakete für sie an. Abdul, der oft kleine Lieder aus dem Maghreb pfiff, pfiff sie an diesem Tag wieder aus dem letzten Loch. Er hievte die Pakete mit aller Kraft auf den Tisch vorm Haus. Beide starrten sie sie verwundert an. „Ist das noch ein Teleskop?", fragte Abdul. „Ich habe kein Weiteres bestellt!"

Madame zuckte mit den Achseln, winkte Monsieur Chabrol herbei und gemeinsam wickelten sie die Pakete aus. Andächtig besahen sie den Inhalt. Das war kein Teleskop. Das war. Ja, was war es? Abdul nahm mit großen Augen einen metallenen Arm aus dem Karton, in dem die Styroporchips raschelten wie trockenes Laub. Ratlos legten sie die Teile nebeneinander auf den Tisch und die Bank. Es waren viele, und sie sahen kompliziert aus. Das war weder ein Teleskop noch ein Modellauto oder eine Drohne. Monsieur Chabrol sortierte, lagerte um, schaute erneut. „Es ist", sagte er dann irgendwann mit bedeutungsvoller Stimme, „eine Person". Die anderen nickten zustimmend und gleichzeitig verwirrt.

Da holte Madame Claude ihr Telefon und hörte die Mailbox ab. Ein Anruf von Suzanne. „Maman, du weißt ja, am liebsten hätten wir dich bei uns in Paris. Wir haben ein passendes Heim gefunden. Denk nur: Es heißt Orion, wie der Sternnebel. Es ist phänomenal. Aber wir wissen, dass du in deinem Haus bleiben willst. Deshalb ...", sie machte eine bedeutungsvolle Pause, „haben wir alle zusammengelegt. Du sollst versorgt und sicher in deinem Haus sein. Am liebsten wäre es uns selbstverständlich, wenn du hier in Paris mit uns, ich meine, in unserer Nähe wohntest, aber was soll's. Du hast halt deinen eigenen Willen."
Madame Claude hielt das Handy ein bisschen weiter von sich weg. Sie hatte auf Lautsprecher gestellt, was sie immer machte, denn es schmerzte sie, eine Stimme zu nah am Ohr zu haben. Suzanne hatte gerade das Sprechtempo und die Lautstärke gleichzeitig erhöht. „Kurz und knapp: Das, was du jetzt schon gesichtet hast, ist QR1. Das steht für Quality ripens. Englisch. Klar. Innovativ. Aber du kannst ihm später einen anderen Namen deiner Wahl geben. Es ist ein Pflege- äh, ein Betreuungsroboter. Ein Gesellschafter für dich, der alle schweren und langweiligen Arbeiten im Haus für dich erledigt. Und, stell dir vor, er misst deine Vitalzeichen und fährt dich ins Krankenhaus, wenn das notwendig ist. Was wir alle nicht hoffen!"

Madame Claude blickte auf den Haufen Metall und Kabel. „Ruf an und sag, wie es läuft. Maman! Ich bin so froh. Endlich weiß ich, dass du immer versorgt bist." Ein Rauschen in der Leitung. Ein Knacken. Dann war es still. Madame Claude sah Abdul an. Dann sah sie Monsieur Chabrol an. Aber die waren genauso ratlos wie sie.

Während Abdul Madame Claude von Robotern im Allgemeinen und Androiden im Besonderen erzählte – er verfügte über ein schier unerschöpfliches Wissen dazu wegen der Bücher, die er las und der vielen Filme, die er guckte –, zeigte Monsieur Chabrol sein ganzes Können. Die Zeit in der Fremdenlegion hatte ihn so einiges gelehrt. Man hätte ihn mit ein paar Schrauben, ein paar Federn und etwas Blech im Dschungel abwerfen können und er hätte einen Panzer daraus gebaut. Er schenkte der Bauanleitung nur einen kurzen Blick, dann war er für zwei Stunden nicht mehr ansprechbar, allein in seinem Universum. Madame Claude lernte derweil so viel über Androiden, dass sie sehr neugierig auf das Ergebnis wurde. Sie war nicht dumm. Sie lebte zwar auf dem Land und alles, aber sie wusste, was humanoide Roboter sind. Die Japaner hatten begonnen, sie auf viele der Jobs zu setzen, die aus Mangel an arbeitsfähigen Menschen nicht mehr zu besetzen waren. Es gab sie im Verkauf, als Erntehelfer, als Bauarbeiter. Wohl hatte sie auch gehört, dass sie alten Menschen beim Einkauf halfen. Sie wäre nur nie auf die Idee gekommen, dass das auch nur ein kleines bisschen mit ihrem eigenen Leben zu tun hatte. Dass Suzanne so fürsorglich war, rührte sie, es überraschte sie aber auch. Während der Roboter neben ihr Gestalt annahm, ließ sie das Leben mit ihren Kindern an sich vorbeiziehen. Als das Erste kam, sie war gerade zwanzig geworden und hatte bereits zwei Jahre lang mit Monsieur Claude in diesem Haus gelebt und sich in seine Tabellen und Rechenkästen gefügt, war sie erstaunt gewesen, dass sie so etwas Komplexes und Wunderschönes geschaffen hatte, irgendwie in diesem etwas kleinen, schmalen Körper, in dem sie sich immer ein bisschen eingeengt gefühlt hatte. Suzanne hatte ihr einen milchigen Blick zugeworfen und dann begonnen, zu schreien. In ihrer Erinnerung hatte sie damit auch im ganzen ersten Lebensjahr nicht mehr aufgehört. Nur in den Armen ihres Vaters war sie still. Aber der nahm sie nur ganz selten hoch. Wahrscheinlich hatte er Angst vor ihren unkontrollierten Bewegungen, ihrer Sabber und dem, was sich in ihrer Windel verbarg. Erst als ihr erster Bruder kam, wurde Suzanne ruhiger. Von da an war sie eine kleine Person, mit Erziehungsauftrag, schon als Einjährige. Was einschloss, dass sie vom ersten Kontakt mit ihrem Bruder an versuchte, ihn zu kontrollieren. Sie robbte sich zu ihm, wenn er schrie. Sie warf ihm Stofftiere zu, sie begann zu singen, sie ließ nicht zu, dass er sich von ihr entfernte, und so ging es auch mit dem zweiten Bruder weiter.

„Fertig", sagte Monsieur Chabrol und schlug zufrieden die Hände ineinander. Madame Claude erwachte aus ihren Gedanken und betrachtete den Roboter, der am Tisch saß, als warte er auf einen Kaffee. Es war ein glänzendes Etwas mit menschlichen Proportionen, ohne dabei menschlich zu sein. Es sah befremdlich, aber überhaupt nicht gefährlich aus.

Abdul beugte sich nah zu ihm herunter, musterte ihn genau und merkte an: „Da fehlt doch etwas. Lag da nicht noch ein weiteres Paket?" Alle drei sahen sich um. Und im Schatten unter den Tischbeinen lag tatsächlich ein Paket, das sie übersehen hatten. Abdul hob es auf den Tisch und öffnete es. Dann zog er etwas heraus, das aussah wie ein Schlafsack. Sie breiteten es gemeinsam aus und stülpten es dann mit einigem Kraftaufwand um. Jetzt war klar, was es war: die Haut. Sie zogen sie über den Metallkörper und zupften sie zurecht, so dass die Augen nicht in Höhe der Brustwarzen waren. Als die Haut saß, wie sie sitzen sollte, stockten alle drei. Vor ihnen saß ein Mensch! Ein nackter Mann mit langen Gliedern, feinen Händen und schwarzem Haar, das so dunkel war, dass es im Nachmittagslicht ölig schimmerte. Wie ein Stummfilmstar, der von einer Leinwand heruntergestiegen war.

„Los, schalten wir ihn an!", riet Abdul fröhlich, denn das war wie eine Szene aus einem seiner Science-Fiction-Bücher. Aber wo war der Knopf? Sie suchten überall. Ließen ihre Finger über die Haut streifen, die kalt war und glatt. Es ging eigentlich gegen seinen Stolz, doch Monsieur Chabrol warf einen letzten Blick in die Bedienungsanleitung. Er schob seine Brille zurecht, fuhr dann mit der flachen Hand dreimal über das Blickfeld des Roboters und starrte ihn erwartungsvoll an. Nichts passierte, außer, dass die Haut wärmer wurde. Sie fühlte sich nicht mehr ganz so künstlich an, sondern natürlicher, und schien leicht auf Berührungen zu reagieren. Und dann änderte sich der Blick des Wesens. Er war nicht mehr leer, sondern bekam den zurückhaltenden Glanz eines schüchternen Menschen. Der Brustkorb hob sich sanft und senkte sich. Die Augenlider blinzelten. Das Haar löste sich aus seiner strengen Ordnung. Ein tiefer Atemzug, dann sah er Madame freundlich an und sagte: „Bonjour".

Madame Claude bat Abdul und Monsieur Chabrol, nicht gleich zu gehen, doch irgendwann war es Zeit. Dann war sie allein, mit diesem Ding.
Am liebsten hätte sie ihre Tochter angerufen und den Rücktransport gefordert. Doch der Robotermensch wusch gerade ganz selbstverständlich das Geschirr. Davor hatte er die Terrasse gefegt. Er benahm sich, als wäre er hier zuhause.
Madame sah ihre Tochter förmlich vor ihrem Laptop sitzen und nach einem passenden Begleiter für ihre Mutter suchen. Aber war sie so bedürftig? Sie merkte zwar ihre Knochen und vergaß schon einmal das eine oder andere, doch bedürftig? Das waren doch eher ihre Kinder. Wenn sie an ihre zwei Jungen dachte, drängte sich ihr immer wieder der Verdacht auf, dass irgendetwas in ihrer Erziehung schiefgelaufen war. Etwas, das eine fürsorgliche Schwester in der Nachbarschaft nicht ausglich. Weder sie selbst und auf keinen Fall ihr Mann neigten zum Träumen. Doch beide Jungs hatten etwas Träumerisches, auf unterschiedliche Art und Weise. Yves verlor sich in

seinen Grafiken. Er stellte eine Ordnung der Dinge her, die es so in der Welt nicht gab. Wenn alles in der idealen Relation zueinander-stand, wenn Größe und Form harmonierten, dann erst entspannte er sich. Er hatte sich einen Namen in der Designszene gemacht. Wenige ahnte, dass seine Grafiken mehr waren, nämlich Strategie, Ordnung in diese unordentliche Welt zu bringen.

Cyril hingegen verwirrte sich und andere als Analytiker mit immer neuen Worten. Er wob aus wenigen Bemerkungen eine ganze Welt-geschichte. Eine, die schlüssig war, in der alles zueinanderpasste. Die gab er dann seinen Klienten weiter. Sie waren erleichtert, genos-sen die Klarheit – bis zu dem Augenblick, in dem sie realisierten, dass ihr Therapeut ihnen eine Geschichte verkauft hatte, die wie an-gegossen passte, aber nicht ihre eigene war.

Woher sie das all das wusste, obwohl sie nicht bei ihren Kindern in Paris lebte? Wie sie einschätzte, was sie anstellten und wie sie sich entwickelten? Sie wusste es eben. Sie war ihre Mutter.

Von nun an war Madame nie mehr allein, der Roboter war immer da. Und er umsorgte sie. Morgens stand das Frühstück auf dem Tisch. Der Kühlschrank war immer voll, denn er sendete die Einkaufsliste direkt an ein Online-Warenhaus. Abdul brachte dann die Lebensmit-tel und war erstaunt, wie sauber und aufgeräumt alles war. Nicht, dass Madame Claude unordentlich gewesen wäre, doch hier und da, wo das Licht nicht hinkam, hatte sich vorher Staub angesammelt. Der Roboter hatte ein Gespür für das, was nötig war. Er schien seine Sen-soren überall zu haben. Bei keiner ihrer Aktivitäten stand er im Wege. Nachts schlief er im Besenschrank. Drinnen gab es eine Steckdose, um den Akku des Staubsaugers aufzuladen. Jetzt nutzte die der Roboter.

Abdul betrachtete ihn jeden Tag mit Bewunderung. Seine Bewegun-gen waren menschlich, fast ein bisschen zu perfekt, denn er stolperte nie und griff nie daneben. Als er ihn ein paar Tage lang gemeinsam mit Madame Claude bei der unermüdlichen Arbeit betrachtet hatte, sagte er zu ihr: „Madame, er braucht einen Namen."

Die Suche danach brachte Madame Claude ein bisschen in Verlegenheit. Die Namen für alle Kinder hatte ihr Mann ausgesucht. Sie hatten mit seinem Leben zu tun gehabt; es waren die Namen alter Bekannter oder Personen, die er schätzte. Madame war froh darüber gewesen. Es war nicht so, dass ihr kein Name einfiel, aber es war ihr nicht so wichtig, die Kinder zu benennen. Die Namen passten dann ja auch zu dem jeweiligen Kind, und wenn nicht, wie zum Beispiel bei Cyril, der nicht ausgesehen hatte wie ein Cyril, sondern eher wie ein George oder Antoine, dann entwickelten sich die Kinder so, dass sie zu den Namen passten. Dafür hatte ihr Vater gesorgt. Dass sie genötigt war, einen Namen für einen Roboter zu finden, war merkwürdig. Aber gut, warum nicht Antoine? Sie beratschlagte sich nicht weiter mit Abdul, sondern schritt schnurstracks zum Roboter, der Staub wischte, und stupste ihm vorsichtig auf die Schulter. Er drehte sich um und sah sie mit einem ernsten Ausdruck an. „Was wünschen Sie, Madame?"

Sie hatte vergessen, dass der Roboter auch sprechen konnte. Umso erstaunter war sie, seine klare und volltönende Stimme zu hören.

„Alors, also", eröffnete sie, etwas verunsichert. „Ich weiß gar nicht, wie ich Sie ansprechen soll. Sie arbeiten so viel für mich. Aber ich kenne Ihren Namen nicht …" Sie sah ihn an. Er zeigte keine sichtbare Reaktion, sagte dann aber: „Ich bin 458 der Baureihe QR4 – Quality ripens vier."

„Gut", begann Madame aufs Neue. „Wie gefällt ihnen der Name Antoine?" Der Roboter wiederholte den Namen, wobei er etwas länger auf dem I verweilte. Das gefiel Madame. „Ja, so, Antoiin. Das passt sehr gut! So will ich Sie nennen."

Antoiin

Die medizinischen Funktionen, die Antoiin erfüllte, waren noch wichtiger als seine Hilfe im Haushalt. Sie waren der Grund, warum Suzanne den Roboter angeschafft hatte. Antoiin konnte mit nur einem Blick Madames Gesundheitszustand erfassen. Er registrierte den Tonus ihrer Haut und schloss von daher auf ihre Flüssigkeitsbilanz. Bei jeder Berührung, die er manchmal zufällig initiierte, maß er ihre Vitalzeichen und kannte den Zeitpunkt ihres Todes. Sie hatte einen zu hohen Blutdruck. Das wusste sie selbst. Es war normal in ihrer Familie. Ihre Tante war an einem geplatzten Aneurysma gestorben. Das war schon immer irgendwo in ihrem Kopf gewesen, hatte sich aber nicht bemerkt gemacht. Erst als sie, mit Mitte siebzig, einen Eimer voll Waschwasser hob, platzte es unter dem erhöhten Druck in ihrem Blutkreislauf. Madame, damals noch ein Mädchen, hatte es beobachtet. Ihre Tante schien einen kleinen Schreck zu bekommen. Dann sah sie sie mit einem verklärten Blick an und sank langsam in sich zusammen. Noch am selben Abend starb sie im Krankenhaus. Madame war immer klein und feingliedrig gewesen. Sie wirkte fast durchsichtig, auch neben ihrem Mann, der einen starken Körperbau hatte. Ihre Haut war blass. Hier und dort konnte man die Adern unter ihr pulsieren sehen. Ihr Gesicht war überaus klar gegliedert. Eine schmale Nase, kleine Lippen, die leicht aufeinanderlagen und immer etwas zu kosten schienen. Eine hohe Stirn und perfekt geschwungene Augenbrauen, die sie mit Kajal nachzog. Sie sah ein bisschen aus wie Edith Piaf auf den alten Plattencovern. Ihr Haar war genauso gewellt, und kastanienbraun. Seit sie allein lebte, färbte sie es nach und gab ihm einen leichten Stich ins Rote. Sie hatte sich diese kleine

Verrücktheit erlaubt. In der langen Ehe mit ihrem strengen Mann hatte sie öfter zu sich selbst gesagt: „Aber meine Haare bleiben lockig." Damit hatte sie sich selbst gemeint: Ich bleibe widerständig, tief drinnen, irgendwo … Scheinbar ergab sie sich komplett der Rolle, die sie als Mutter und Ehefrau zu erfüllen hatte, doch ihr Haar blieb lockig. Und jetzt hob sie das mit einem Rotton hervor, der sichtbar immer etwas röter wurde.

Antoiin wies sie des Öfteren darauf hin, dass sie auf ihren Blutdruck achten sollte. Weniger Kaffee, weniger Haus- und Gartenarbeit. Nicht aufregen über das, was in der Zeitung stand, oder auch, was nicht drinstand. Alles Dinge, auf die zu verzichten ihr schwerfiel.

Antoiin war eine perfekt konzipierte Maschine. Jedes seiner Teile wurde von künstlicher Intelligenz gesteuert. Sein digitales Nervensystem reichte bis in die Fingerspitzen und die biomechanischen Muskeln, die seine Gesichtsausdrücke formten. Das Besondere an ihm war, dass er sich alles merkte, was er erlebte und sah, und er lernte daraus. Er war längst nicht mehr der Apparat, der einmal die staubfreie Fabrik in der Nähe von Clermont-Ferrand verlassen hatte. Seine Schöpfer hatten dafür gesorgt, dass jede Sensorstimulation eine Bewertungskategorie fand, in der der Erinnerungsabdruck abgelegt wurde. Diese Kategorien hießen zum Beispiel: menschliches Verhalten in Bezug auf andere Menschen, in Bezug auf Tiere, in Bezug auf Pflanzen, in Bezug auf Aufgaben aller Art, und dann gab es weitere Unterkategorien. Das miterlebte menschliche Verhalten wurde so die Schablone, durch die Antoiin die Welt sah. Er lernte über deren Wertungen und Reaktionen. Deshalb wurde er ein so präsenter Teil von Madames Leben, denn er wusste, wie sie reagierte, wenn es draußen zu regnen begann. Er kannte ihre Gesichtszüge, wenn ihre Tochter anrief. (Sie unterschieden sich von der Reaktion, wenn zum Beispiel Herr Chabrol anrief.) Wie sich ihre Gesichtszüge mehr und mehr entspannten, wenn es draußen dunkel wurde. So wuchs sein Wissen über menschliches Verhalten, und er wurde selbst immer menschlicher.

Doch es gab auch Sinneseindrücke, die er nicht klar einer Kategorie zuzuordnen vermochte. Er bildete dafür neue Überschriften und wartete, bis sie mit weiteren Informationen unterschrieben waren. Diese Kategorien, ob gefüllt oder halb leer, ordnete seine Intelligenz nebeneinander in Sinnzusammenhänge. Das lief geräuschlos ab und funktionierte so lange reibungslos, wie nicht zu viele, zu schnelle Eindrücke aufeinander folgten. Aber im Zusammenleben mit Madame kam es zu einer unübersichtlichen Dichte. Sie tat viele Dinge, die für Antoiin nicht klar zuordenbar waren. Sie reagierte oft aus seiner Sicht falsch. Manchmal hatte sie zum Beispiel einen weichen Gesichtsausdruck, wenn sie mit ihrer Tochter sprach, obwohl sie sonst nur kühl zuhörte. Diese Eindrücke schwebten dann frei im digitalen Raum von Antoiins Intelligenz, lagerten sich nicht nebeneinander ab, sondern übereinander. Wie bunte Glasscherben, die, wenn man sie übereinanderlegt, eine neue Lichtbrechung ergeben, so veränderten sie seine Wahrnehmung. Und das verwirrte ihn. Diese Verwirrung verdichtete sich zu etwas, was nicht für ihn vorgesehen war: Gefühle.

*

Antoiin würde diesen Augenblick nie vergessen.

Madame war ganz hypnotisiert von ihrem Teleskop. Sie hatte sich angewöhnt, erst kurz vor zwölf mittags aufzustehen, um die Nächte unter dem Sternenhimmel zu verbringen. Es kam ihr so vor, als besuchte sie Freunde, die sie eine sehr lange, eine viel zu lange Zeit vernachlässigt hatte, die sie nun langsam und mit großem Stauen über ihre Schönheit und Veränderungen neu kennenlernen musste. Konnte es sein, dass sie die Milchstraße nie wirklich gesehen hatte, weder als Mädchen noch als Ehefrau, die manchmal ihrem schnarchenden Mann entfloh, um sich auf das Dach zu stellen? Dieser Himmel sprach zu ihr, und zusammen hatten sie viele Themen.

Inzwischen ließ sie zu, dass Antoiin sie die steile Treppe herauftrug, denn sie wurde älter. Sie standen dann stundenlang nebeneinander am Teleskop. Das Licht verabschiedete sich, die Sterne begrüßten sie wie alte Bekannte. Antoiin standen alle auf der Welt befindlichen Himmelskarten zur Verfügung. Er ergänzte über eine Schnittstelle konkrete Beobachtungen mit Aufzeichnungen größerer Weltraumteleskope. Damit vertiefte sich mit seiner Hilfe Madames Blick ins All bis hin zu einer Ahnung von dessen Unendlichkeit. Madame und Antoiin unterhielten sich viel über Phänomene wie Pulsare, schwarze Löcher und dunkle Materie. Madame hatte das Gefühl, sie erlerne eine neue Sprache. Antoiin zeichnete ihre Beobachtungen auf und zu jedem beliebigen Zeitpunkt spielte er sie ab. So wurde aus der reinen Betrachtung Forschung. Dabei wurden ihre Fragen mit dem wachsenden Material immer klarer: Gibt es ein Ende? Gibt es ein Dahinter? Gibt es Licht hinter dem Dunklen? Gibt es Leichtigkeit unter der Schwere? Fließt etwas, wo alles unbewegt scheint?

Als sie einen Spiralnebel sahen, der sich in einem kurzen Augenblick um sich selbst zu drehen schien, legte sie ihre Hand auf seine und rief: „Schau Antoiin, wie schön!" Das war der Moment gewesen. Er wirbelte Staub in Antoiin auf. Die Stücke farbigen Glases schoben sich übereinander. Er drehte sich zu Madame und sah zum ersten Mal, wie schön sie war.

Madame geht shoppen

Madame hatte nie viel konsumiert. Sie achtete selbstverständlich auf ihr Aussehen, da war ihr Regiment hart. Sie aß immer nur, was ihr Körper auch verbrannte, und hielt dadurch einen kleinen Raum im Magen offen. Das machte sie aufmerksamer und ließ sie besser denken. So war sie schmal geblieben. Auch machte sie sich jeden Morgen das Haar. Sie zog die Linien ihrer Brauen nach. Wenn sie mit Monsieur Chabrol verabredet war, zog sie eine geblümte Bluse an und ein Perlencollier, das einmal einer entfernten Tante gehört hatte. Als ihr Leben durch Antoiin aber immer leichter wurde, da er den Haushalt führte und den Garten bändigte, schlug sie ihm vor, shoppen zu gehen. Sie wunderte sich selbst kurz über diese Idee, doch als sie einmal ausgesprochen war, tat Antoiin alles, um sie umzusetzen.

Die kleine Stadt war nicht weit weg, doch aus der Perspektive des Tals lag sie in einem anderen Universum. Um dorthin zu kommen, brauchte man ein Auto. Madame besaß eines, aber das hatte gefühlte zwanzig Jahre in der Garage gestanden. Selbst Monsieur Chabrol hatte nur traurig den Kopf geschüttelt, als sie ihn auf eine mögliche Reparatur ansprach. Antoiin hingegen besah es sich nüchtern und bestellte gleich die notwendigen Ersatzteile im Internet, ohne dass irgendjemand es sah oder hörte. Er hatte ein gewisses Budget, das von Paris aus verwaltet wurde. Es war Monatsende, und so bestellte er drei der fünf notwendigen Einzelteile jetzt und die restlichen einige Tage später. So würde diese Extra-Bestellung höchstwahrscheinlich gar nicht auffallen, auch nicht in Paris. Madame selbst bekam davon gar nichts mit. Sie freute sich auf die Autofahrt mit einem Deux Chevaux aus dem letzten Jahrhundert.

Dieses Auto! Was es alles erzählen konnte. Sie reihte, obwohl nicht rückwärtsgewandt, alle Ereignisse auf, die seit dem Bau des Fahrzeugs passiert waren. Die großen und die kleineren Geschichten: Das Aufwachsen der Kinder. Die Haustiere. Der ernste Mann. Die unscheinbare Frau mit lockigem Haar.

Warum nur hatte ihr Mann dieses Auto behalten? Es war so gegen seine Natur. Es soff Benzin wie ein durstiges Metallmonster, es rumpelte beim Fahren und war alles andere als sicher.

Antoiin betrachte es wie ein Relikt aus der Steinzeit, neugierig und mit einer gewissen Vorsicht. Das Auto wusste nichts. Es war nicht intelligent. Es konnte nur eines: fahren. Und selbst dafür musste es komplett überholt werden. Das tat er nun mit aller Hingabe. Es war ihm zwar unverständlich, wie das Gefährt ohne Bordcomputer fuhr, doch als er den Motor gesehen hatte, die Mechanik und die Schläuche, die das Benzin und Öl im Fahrzeug transportierten, glaubte er, dass es dazu fähig war, um Madame und ihn nach Deauville zum Shoppen zu fahren.

Shoppen, bei dem Wort musste Madame lächeln. Sie brauchte nichts, ihr verlangte nach nichts. Trotzdem erschien ihr die Idee wie ein lang ersehnter Luxus. Monsieur Chabrol weigerte sich, mitzukommen. Er hatte seine Vorräte über Monate hinweg durchgeplant. Sogar der Kuchen für das nächste Teetrinken mit Madame wartete schon tiefgefroren in der Truhe im Keller.

Und Madame hatte sich Wünsche abgewöhnt. Als Mädchen wollte sie aus der Enge des Bauernhofs entfliehen. Der Wunsch wurde erfüllt – in Gestalt ihres Ehemanns, der sie aus der Enge des Gehöfts befreite, nur um sie in die Enge seiner Tabellen zu zwängen. Diese neue Enge roch zwar nicht nach Stall, sie war nicht dreckig, sie war nicht dunkel, doch sie war dennoch eine Enge, eine ordentliche und aufgeräumte. Madame erlebte sie als Gefängnis. Sie fühlte sich wie ein Faktor. Eine Frau, die Zahlen produzierte, Kosten, Kinder: Kind 1, Kind 2, Kind 3. Von diesem Augenblick an erschienen ihr Wünsche und das Wünschen an sich als etwas, was es zu vermeiden galt. Sie verbot es sich, um sich selbst zu schützen. Sie wünschte sich nicht nur nicht keinen anderen Ehemann, kein anderes Leben, sie weitete das aus auf Blumen, Bücher, Kleider, Reisen und alles, was den Alltag angenehmer gestaltete. Ihr Mann hätte bei zu vielen Wünschen die Spalte, in der sie eingeordnet war, enger und immer enger zusammengezogen, bis sie keinen Platz mehr zum Atmen gehabt hätte – wie er es bei seinen Klienten tat. Schafften die es nicht, den Gesetzen seiner Zahlen zu folgen, verengte er die Spalten, die er für sie mit dünnem Stift gezogen hatte. Er wies die, die flehend vor seiner Tür standen, weil sie um den Aufschub der Rückzahlung ihrer Schulden baten, ab, und er schickte seine Frau zur Tür, weil ihm deren Gefühlsausbrüche unerträglich waren.

Die Idee, das Teleskop zu kaufen, war der erste Akt von Rebellion gegen ihre eigene Geschichte, Shoppen war der nächste. Ein Aufblinken von Lebensfreude, von Leichtigkeit, von Unbekümmertheit. Im Falle des Teleskopes von etwas, was sie in ihrem Leben vermisst hatte. Die Linse ermöglichte ihr den Blick ins All, raus aus der Enge in seine Unendlichkeit, aber mehr noch den Blick in sich selbst. Sobald sie am Okular stand, überkam sie ein Gefühl der Entfernung von sich selbst, des Draufblicks. Sie sah sich selbst und ihr Leben aus dem All, mit Abstand, mit Ruhe, konnte es analysieren, darüber nachdenken.
Antoiin war nicht überrascht von der Idee, einkaufen zu fahren. Er war aber auch nie überrascht, denn er lernte Menschen ja erst kennen, diese merkwürdigen Wesen. Seine Existenz war allein auf Ziele ausgerichtet: Haus ist aufgeräumt, Garten ist gepflegt, Essen ist gekocht, Madame ist glücklich, Auto ist repariert.

Madame hingegen war aufgeregt wie ein junges Mädchen. Das letzte Mal, dass sie in der Stadt gewesen war, war bei der Testamentseröffnung. Sie hatte widerstreitende Gefühle, wenn sie daran dachte. Zum einen war es ihr Eintritt in die Freiheit gewesen, zum anderen hatte sie in die wahren Gesichter ihrer Kinder gesehen.

Vermochte man eine gute Mutter zu sein, ohne eine tiefe und innige Beziehung zu seinen Sprösslingen zu haben? Sie fragte sich das. Die Kinder waren aus ihr herausgefallen, weil das Leben sie in sie hineingetragen hatte. Nachwuchs zu zeugen war nicht ihr, sondern explizit der Wunsch ihres Mannes gewesen. Liebte sie ihre Kinder deshalb nicht?

Würde man sie bitten, ihre Gefühle zu ihren Kindern zu beschreiben, wäre sie sicher erst einmal für einige Augenblicke still. Dann würde sie von dem berichten, was sie an ihnen beobachtete, was ihr aufgefallen war, als sie sich anschickten, eigene Wesen zu werden. Dabei würde sie lächeln, doch unbeteiligt, als erzähle sie aus dem Leben einer anderen. Beobachten, wie etwas wuchs, und dafür Sorge tragen, dass es das vermochte – das wäre die beste Beschreibung für ihre Haltung zu ihren Kindern. Sie war aufmerksam, sie war fürsorglich, sie ermutigte. Sie tadelte auch, doch all das aus der Position einer freundlichen Beobachterin heraus. Deshalb verletzte sie die Reaktionen ihrer Kinder bei der Testamentseröffnung nicht. Sie fügte lautlos eine weitere Facette in das Bild, das sie von ihren Kindern hatte, ein Bild in der Galerie ihres Lebens, in deren langen Gängen sie nun neue Schritte tun wollte.

Madame hatte keine klare Vorstellung davon, was sie shoppen würde. Etwas Schönes, hatte sie Antoiin gesagt, als er sie fragte. „Etwas Schönes", hatte er gemurmelt. Seit Tagen verglich er Daten miteinander, um herauszufinden, was „schön" in den Augen von Madame genau war.

Madame war aufgeregter als es gesund für sie war. Das zeigten ihre Werte. Antoiin war verpflichtet, ihren erhöhten Blutdruck nach Paris zu senden, doch er hielt die Nachricht zurück. Er wollte keine Intervention aus Paris. Damit würden sie allein klarkommen. Am Morgen der Shoppingtour wusch er das Auto gründlich. Monsieur Chabrol war herübergekommen und betrachtete das Gefährt mit Anerkennung. „Antoiin, du bist ein Meister! Jede Autowerkstatt der Welt würde sich die Hände reiben, wenn sie dich in ihrem Team hätte." Antoiin wusste nicht so recht, wie er zu reagieren hatte. Sicherheitshalber sagte er: „Vielen Dank, Monsieur, das ist sehr freundlich von Ihnen!" Der grüne Wagen glänzte in der Sonne wie ein Insekt, das bereit war, in einen lichten Tag zu springen.

Als Madame aus der Tür trat, staunte Monsieur Chabrol, und Antoiin sah ein wenig verlegen zur Seite. So hatte er Madame noch nie gesehen. Sie hatte sich einen feinen burgunderroten Kaschmirpullover angezogen. Am Hals trug sie eine Perlenkette. Nur sie wusste, dass dieser Schmuck nicht aus ihrer Ehe kam, sondern ein Erbstück der Familie war. Als Mädchen hatte sie sie schon an ihrer Mutter bewundert. Sie hatte sich Geschichten zu ihrer Herkunft ausgedacht. Einmal war sie aus dem Tower of London entwendet worden, ein anderes Mal kam sie von einer Meerjungfrau, die einen Fluss hinaufgeschwommen war, um ihren Liebsten zu treffen, ihre Kette aber verfing sich im Schilf.

Die schimmernden Perlen an ihrem Hals, der rotgeschminkte Mund, die geschwungenen Augenbrauen, die weiße glatte Stirn, die Haare, die sich umeinander wanden wie Strudel eines roten Flusses – sie sah aus wie ein Wesen von einem anderen Stern. Antoiin war unfähig, obwohl er es in jeder Millisekunde immer und immer wieder versuchte, ein vergleichbares Bild in seiner Datenbank zu finden. Er war verwirrt. Er ließ den Schwamm fallen, der mit einem Platsch auf seinen sauber polierten Lederschuhen landete. Das war das erste Mal in seinem Leben, dass er etwas fallen ließ, und das verwirrte ihn noch mehr.

Madame lächelte und ließ sich von Monsieur Chabrol, der herangeeilt war, zum Auto führen. Mit einem Blick über das Tal, würdig wie

der einer Königin, setzte sie sich ins Auto, das sich nicht einmal einen Millimeter senkte, so leicht war sie.
Und genauso federleicht wurde der Tag. Antoiin fuhr, als hätte er nie etwas anderes in seinem Leben getan.

Kindheit auf dem Land

Die meiste Zeit schwiegen sie, doch ab und an erzählte Madame etwas aus ihrer Kindheit. Es erstaunte sie, was ihr alles mit einem so aufmerksamen Zuhörer wieder einfiel. Sie erinnerte sich zum Beispiel an jeden einzelnen Namen der Pferde, auf denen sie geritten war. Sie konnte ihre Wesenszüge detailliert beschreiben und fühlte dabei die Wärme der weichen Nüstern an ihrer Wange.

Reiten war eine ihrer wenigen Freuden gewesen, als sie ein Kind war. Der Nachbar pflegte die Pferde reicher Pariser Familien. Für genügend Stallarbeit erlaubte er den Kindern, die Tiere auszureiten. Und auf dem Pferd war sie jemand anderes. Sie lebte nicht auf einem ärmlichen Gehöft – sie war auf dem Weg in ihr Schloss an der Loire. Eines wie Chambord mit einer ganzen Stadt auf dem Dach. Der Park war endlos. Die Schmetterlinge schrieben ihren Namen und den des Geliebten in die Luft. Dann kam das Pferd aus dem Takt und sie fiel aus dem Sattel und aus ihren Tagträumen heraus. Also hieß es wieder Mist schaufeln, für die Reichen aus Paris, die nur kamen, um ein Foto von sich auf ihrem Pferd zu machen, und dann schnell wieder in ihre Betonburgen zurückfuhren.

Antoiin hörte immer interessiert zu. Dafür war er programmiert. Was ihm nicht gelang, war, das Gehörte einzuordnen. Er fand keine Daten, die dem glichen, was Madame erzählte. Deshalb baute er aus den Einzelteilen der Erzählungen etwas Neues: Ein Du, ein Gegenüber, dem er den Namen Madame gab. Diese Madame war für ihn ein Kristall mit unendlich vielen Seiten, der das Licht brach und in seinem Inneren ein Gewirr von Bezügen, Querverbindungen und

Farben hinterließ. Zuerst hatte das Geflecht ihn verwirrt, beinahe geängstigt, doch bald schon genoss er es, nicht genau einordnen zu können, was er erlebte, und auch, wer er war. Er empfand ein Hochgefühl, das ihm eigentlich nicht zustand, das ihn berauschte und etwas in ihm festigte, für das er keine andere Einordung als Glück finden konnte.

Sie rollten durch kleine Dörfer, die bewohnt wurden von Digitalarbeitern. Diese lebten auf dem Land, da sie die Stille den Großstädten vorzogen. Sie saßen auf ihren mit Glyzinien umrankten Terrassen und klappten ihren Laptop herab, um dem ungleichen Paar im Deux Chevaux zuzuwinken. Was für ein Anblick. Nicht mehr viele eiserne Autos hatten die Jahrzehnte überlebt. Erst die Elektroautos, dann der Wasserstoff. Es gab nur wenige Tankstellen. Das Benzin bestellte man online in einer Apotheke, die spezialisiert auf Kraftstoffe für alte Menschen und alte Autos war. Antoiin hatte das recherchiert.

Madame blickte aus dem Fenster, schwelgte in Erinnerungen und merkte gar nicht, dass sie einschlief. Als der Wagen vor dem Kaufhaus hielt, weckte Antoiin sie auf. Er betrachtete die Linien ihres Gesichts, zog sie mit seinem Blick nach. Sie sah so zerbrechlich aus. Am liebsten hätte er sie schlafen gelassen, doch das widersprach der Tageszeit. So räusperte er sich. Er hatte viele Variationen von Räuspern: der freundliche, ältere Herr, der Dirigent. Hier entschied er sich für das Räuspern des Pastors. Es verband Liebe und Bestimmtheit. Sie aber wachte nicht auf, sie lag selig auf ihrem Sitz. „Madame, Madame, wir sind da!", rief er, und erst dann öffneten sich langsam ihre Augen und blinzelten ins Nachmittagslicht. „Wo bin ich?"

„Madame, wir sind vor dem Kaufhaus. In der Stadt. Wir gehen shoppen!"

„Shoppen? Aber ich war schon seit Jahren nicht mehr einkaufen."

„Aber Madame, Sie haben es doch selbst vorgeschlagen."

„Ach ja? Ich erinnere mich gar nicht mehr." Antoiin betrachtete sie besorgt. Begann das Alter schon ihre Erinnerungen zu fressen? „Nun gut, alors, dann wollen wir einmal", sagte Madame lächelnd. Sie zog sich im Rückspiegel den Lippenstift nach, warf ihrem eigenen Spiegelbild beschwingt einen Kuss zu und stieg durch die Tür, die ihr Antoiin galant aufhielt.

Das Kaufhaus. Seit die Menschen ihre Dinge im Internet bestellten, waren diese Häuser zu Orten geworden, an denen man sich traf, aß, erzählte, auch Waren besah, sie auch bestellte und dann aber nach Hause schicken ließ. Die Verkäuferinnen und Verkäufer hatten eher die Aufgabe, eine angenehme und unterstützende Atmosphäre für den Kaufprozess zu schaffen. Das hieß, sie boten sich als Begleitung an, vor allem denen, die allein gekommen waren, manche musizierten oder sangen, andere boten Nackenmassagen an. Mit Verkaufen hatten sie weit weniger zu tun als früher, doch die Leute kauften wie verrückt. Der Umsatz war enorm.
Madame betrat das Kaufhaus und sah sich von so vielen Reizen umgeben, dass ihr schwindlig wurde. Antoiin reichte ihr fürsorglich seinen Arm. Das half. Sie fühlte sich sicherer und lächelte fröhlich in die Menschenmenge. „Lass uns mal sehen, was wir alles nicht brauchen!", flüsterte sie schmunzelnd ihrem Begleiter zu.

Antoiin merkte, dass die Menschen wenig über sich selbst wussten. Er sah, hörte, roch und fühlte – und interpretierte. Dafür hatte er Millionen von Deutungsmustern gespeichert. Seine Sensoren nahmen feine Partikel aus der Luft auf. Die Chemie sagt alles über die Zukunft eines Menschen. Gesundheit und Krankheit zeigen sich in ihr. Er nahm wahr, ob ein Körper im Gleichgewicht seiner Funktionen war, oder ob ein Tumor seine Marker durch den Blutkreislauf sandte. Er hatte es bei vielen im Kaufhaus bemerkt. Er fand es erstaunlich, dass niemand eine Ahnung zu haben schien, was in ihm vorging. Neben den Krankheiten spürte er das Alter. Er roch den Zerfall. Die Menschen mochten so viele Parfums und Cremes nutzen, er roch die Auflösung des Gewebes. Madame schien das dagegen nicht zu stören. Er suchte in sich so etwas wie ein Auflehnen gegen die

Vergänglichkeit, doch er empfand bei dem Gedanken, einmal nicht mehr zu sein, keine Regung. Er empfand allerdings auch bei dem Gedanken, zu sein, keine Regung. Er war da, wusste aber nicht, warum, und es war ihm auch nicht so wichtig, die Antwort darauf zu wissen. Er lebte dieses Leben nicht auf ein Ende zu, denn der Anfang war ihm völlig unklar. Es gab keine Geschichte, die es darüber zu erzählen gab. Seine Macher schufen ihn mit einem enormen Gedächtnis, nur eben nicht über sich selbst.

„Sieh, der Schal!" Madame strahlte über das ganze Gesicht. Sie hatte einen Paschminaschal in der Hand, der an den Rändern über und über mit Blumen des Himalaya bestickt war. Sie warf ihn sich um den Hals und schmiegte ihre Wange daran. „Fühl ihn mal, Antoiin. Er ist so weich." Sie strich mit dem Schal über seine Arme. Und er war erstaunt über seine Sensoren, die zitterten, als kicherten sie. Er lächelte. Er fühlte sich leicht. Er sah in das strahlende Gesicht von Madame und freute sich darüber, dass sie sich so freute und nahm, in der Leichtigkeit, doch ihr unaufhaltsam fortschreitende Alter wahr. Doch er hatte zu diesem Zeitpunkt bereits beschlossen, diese Signale zu ignorieren.

„Es war glanzvoll, Antoiin. Wir fahren bald wieder wohin, ja?" „Madame, wo immer Sie hinmöchten. Ich begleite Sie." Es war eine selige Fahrt nach Hause. Die Lichter der Stadt verschwanden, die Sterne übernahmen die Nacht und leuchteten den beiden den Weg nach Hause.

Der Tanz

Madame hatte immer gewusst, dass sie den Tanz in sich hatte. Wenn sie als Kind bei Regen in ihrer Dachkammer lag, war sie sich sicher, Tanzschritte auf dem Schieferdach zu hören, Tausende und Abertausende von Tanzschritten. Wenn sie sich zwischen die Kartoffelsäcke legte, den Duft der trockenen Erde in der Nase, peinlich darauf achtend, dass ihr der Staub nicht zu sehr in die Kleidung drang (was ein Ding der Unmöglichkeit war), beobachtete sie die Kartoffelkäfer, wie sie miteinander tanzten. Sie richteten sich aneinander auf und trippelten gemeinsam auf ihren feinen Füßen zu einem Rhythmus, den nur sie hörten. Sie betrachtete die Blätter der Linden, wie sie mit dem Licht spielten, wie sie es durch ihre zarte Haut scheinen ließen, grün schimmernd. Wie die Blätter aus Licht Lindenlicht machten und gemeinsam mit dem Wind tanzten. Der Wind, der große Musiker. Er dirigierte das ganze Orchester der Natur und sie mit ihr.

Antoiin hatte gekocht, dieses Mal ein Rezept aus einem piemontesischen Bergdorf, dessen Hänge meist im Schatten lagen. Es war ein Gericht mit Esskastanien, die in einer Sahnesauce mit viel Muskat geschwenkt wurden, bis sie glasig waren. Sie schimmerten wie Alabasteraugen einer alten ägyptischen Gottheit. Deshalb hieß das Gericht „Die schönen Augen der Nofretete". Antoiin hatte es in einem Winkel seiner digitalen Bibliothek gefunden, wo auch die Rezepte für südsibirische Rentierhaxe und die anatolische Kriechsülze standen.

Das Gericht schmeckte Madame ausgezeichnet. „Wunderbar, Antoiin, wirklich wunderbar!", wiederholte sie immer wieder. „Du bist ein Künstler der Töpfe. Und was für einen poetischen Namen dieses

Gericht hat. Es erinnert mich an ein altes Lied. „Walk like an Egyptian", heißt es. Es war ein wenig albern, aber die elektronische Version hat mir immer gefallen. Und es gab ein Musikvideo, darin tanzten amerikanische Frauen so, als wären sie ägyptische Edelfrauen." Sie machte den Tanz aus dem Musikvideo nach und Antoiin staunte über ihre eleganten und fließenden Bewegungen. Madame spürte zwar ihre Gelenke knacken, aber das war kein unangenehmes Gefühl. Vielmehr schien etwas, was lang festgehalten war, sich langsam aus ihr zu befreien. Antoiin ermutigte sie mit seiner Aufmerksamkeit. Er lächelte und staunte sie an. Und sie erfand immer neue Formen dieses ägyptischen Tanzes. Sie bewegte den Kopf mit den roten Locken mal nach links und mal nach rechts. Sie stampfte mit dem Fuß auf. Sie legte die Handflächen vor ihrer Brust zusammen, nur, um sie dann wie den Kopf einer züngelnden Kobra über ihren Kopf zu heben. Ein wahrhaft majestätischer Anblick war das. Antoiin klatschte begeistert in die Hände und suchte wie verrückt in seinen Archiven nach dem Musikvideo, fand es und stellte fest, dass diese Versionen des Tanzes in Wirklichkeit eine Erfindung von Madame waren, denn Madame gelang es, dem steifen Gewatschel etwas Ätherisches zu geben, etwas Spirituelles. Wie eine wahre Tempeltänzerin stand sie im Raum und bewegte ihren Körper. Sie füllte mit ihrer Präsenz das Zimmers vollends aus. Als sie aufhörte zu tanzen und lachend in die Hände klatschte, sagte Antoiin mit Nachdruck zu ihr: „Madame, wir müssen unbedingt tanzen gehen!" Diese lachte nur und machte eine abweisende Handbewegung, doch im Kopf durchsuchte sie schon ihren großen, alten Kleiderschrank nach einem passenden Kleid. Es sollte leicht sein und es sollte glitzern, wie die Sterne.

Dieser alte Kleiderschrank war noch aus dem Haus ihrer Eltern. Wenn man seine schweren Türen aufmachte, quoll der Geruch des alten Gehöfts heraus. Es war eine Mischung aus getrockneter Wurst und Kräutern. Für beides hatte ihre Großmutter den Schrank benutzt, und sie hatte ihn deshalb extra gesichert, da vor allem die Wurst im Haus unter allen Kindern und Erwachsenen begehrt war. Sie hatte hinten in die Rückwand Löcher gebohrt, so dass genug Luft hineinkam, und den Schrank selbst an die Brüstung einer der Treppen gestellt, so dass sein Innenraum genug Ventilation hatte. An Tagen, an denen sie gute Laune hatte, holte sie die Kinder zusammen, öffnete den Schrank und schnitt jedem mit einem kleinen Messer ein Stück Wurst ab. Das waren gute Tage!

Es gab Schränke, an deren Rückseite Tunnel in eine andere Welt führten. Dieser Schrank führte sie zurück in ihre Vergangenheit. Selbst ihr Hochzeitskleid schlief hier, eingeschlagen in Seidenpapier. Sie bat Antoiin, es herauszunehmen und aufzufalten. Sie war erstaunt, wie weiß und frisch es noch aussah, so als hätten all die Jahre ihm nichts anhaben können. Dann sagte sie knapp zu Antoiin: „Gib es in die Kleidersammlung. Vielleicht kann man noch Füllmaterial für Autositze daraus machen." Antoiin verstand ihren Sinneswandel nicht. Erst schien sie das Kleid zärtlich zu betrachten, dann wollte sie, dass er es entsorgte. Doch sie zog schon an einem anderen Kleid. Es war smaragdgrün und ihr Gesicht begann zu leuchten. Antoiin bemerkte, dass ihre Augen von dem gleichen Grün waren. „Ja", sagte sie, „das ist es".

Es gab seit einigen Jahren wieder echte Tanzveranstaltungen. Eine Zeit lang hatte es so ausgesehen, als ob die Menschen nur noch über ihre Telefone miteinander kommunizieren und jeden echten Kontakt vermeiden wollten, doch das hatte seinen Reiz verloren. Nun war es populär, sich in der Wirklichkeit und analog zu treffen, zu kommunizieren und manchmal auch zu tanzen. Der alte Gemeindesaal der Stadt war ein Ort dafür geworden. Jahrelang war er verwaist und trug heute die Patina einer verlorenen Zeit.

Madame war aufgeregt an diesem Abend. Sie hatte sich aufwendig von Monsieur Chabrol schminken lassen, der fest behauptete, dass diese Fertigkeit allein von der Camouflage bei der Armee kam.

Monsieur Chabrol war ein vielschichtiger Mann, und sie ließ ihn so sein. Das grüne Kleid, die roten lockigen Haare, dunkle Ränder um die Augen, ein geschminkter Mund, eine Perlenkette, ein zauberhaftes Lächeln, so ging Madame mit Antoiin am Arm in den Tanzsaal. Die anderen drehten sich zu ihnen um. Was für ein Paar! Der aufrechte, etwas streng wirkende, junge Mann und die zierliche ältere Dame, wie eine seltene Orchidee. Würdevoll schritten sie über das Parkett. Eine Gasse bildete sich links und rechts von ihnen. Sie nahmen eine Grundposition ein und das Orchester begann zu spielen. „Das ist also Glück," dachte Madame bei sich. „Echtes, wunderbar leichtes Glück." Sie schwebte über den Boden, und das war nicht nur eine Einbildung, Antoiin achtete darauf, dass sie sich fast überhaupt nicht anstrengen musste. Er nahm ihr jedes Gewicht ab. Sie hatte anmutig ihre Arme um ihn gelegt und lächelte – ein Lächeln, das den Saal erhellte und alle Anwesenden an der Leichtigkeit teilhaben ließ, die sie beide empfanden. Ja, beide, auch Antoiin empfand sie. Es schien, als wäre auch er der Schwerkraft entbunden worden, als durfte er ohne Gewicht wie eine Feder über der Erde schweben.

Madame lächelte selig, als sie im Deux Chevaux nach Hause fuhren. „Was für ein Abend!", sagte sie immer wieder und strahlte über das ganze Gesicht, bis sie von einem Augenblick auf den anderen einschlief. Antoiin hob sie sachte auf seine Arme und trug sie hoch in ihre Kammer.

Monster

Monsieur Chabrol hatte aus seinen Aufenthalten in den Tropen eine miserable Lunge mitgebracht. Sie war durchlöchert wie ein deutscher Panzer nach dem Zweiten Weltkrieg, scherzte er manchmal. Schwere Arbeiten strengten ihn an. Die Gartenarbeit bewältigte er nur unter Atemnot. Nun hatte er sich dazu noch eine Erkältung geholt. Madame schickte Antoiin, um ihm zu helfen. Antoiin stimmte gern zu. Er sah, dass Madame Monsieur Chabrol schätzte. Wenn er ihm half, freute sie sich, und das gefiel ihm.

Antoiin hatte Talent für alles. Aus den etwas zu geradlinig langweiligen Hecken des pensionierten Generals schnippelte er extravagante Formen: Fabelwesen. Schlösser, Wellen im Sturm und Vögel, die einander zuzuzwitschern schienen. Er legte die Wege neu an. Er baute Nisthilfen für Fledermäuse und einen Komposthaufen. Madame würde nie das Strahlen in Monsieur Chabrols Gesicht vergessen, als er seinen neuen Springbrunnen im Gartenteich sah. Er hatte die Form einer alten Fregatte. Aus ihren Kanonen spritzte Wasser und ein gutgebauter Matrose winkte vom Bug aus den Zuschauern am anderen Ufer zu.

Irgendwo in ihm musste der Schmerz schon lange in ihm gewartet haben, an einem versteckten Ort seines Körpers. Erst war er, wie ein hungerndes Tier, langsam und schwach hervorgekrochen, dann immer schneller, und hatte sein Maul aufgerissen, um seine spitzen Zähne in das Gewebe seines Herzens zu schlagen. Monsieur Chabrol saß in seinem Sessel, starr und still, während der Schmerz über die Schulter in seinen linken Arm wanderte, sich dort ausbreitete wie die

Tentakel dieses Monsters, das unbemerkt in ihm gelebt hatte, bis es auch die Spitze seines kleinen Fingers erreicht hatte, wo es begann, nervös zu pulsieren, zu tippen, Morsecode, eine Nachricht.

Antoiin wusch ab. Madame hatte sich für eine halbe Stunde in ihrer Kammer hingelegt. Das tat sie nun immer häufiger. Er wusste, warum. Er kannte ja den Zeitpunkt, auf den alles menschliche Leben zubewegte. Sie war glücklich, und das wiederum freute Antoiin. Vorsichtig wusch er die Reste der Pasta-Soße vom Porzellan. Er hatte vor, später den Teich im Garten freizuschneiden, so dass man wieder vom Rand die Goldfische sah. Er schaute zum Haus von Monsieur Chabrol hinüber, das merkwürdig still auf der anderen Seite des kleinen Tales lag. Monsieur Chabrol war nicht der Mann, der einen Mittagsschlaf hielt. Er schien immer irgendetwas zu tun zu haben. Es fiel ihm schwer, auch nur zehn Minuten einfach so in seinem Sessel zu sitzen. Deshalb gehörte seine Gestalt, die hinter den Fenstern hin und her oder durch den Garten ging, zum festen Bestandteil dessen, was für Antoiin als Aussicht auf das Tal galt. Es gab fixe Bestandteile wie die Pappeln, die nur bei starkem Wind hin und her schwankten, oder die alte Eiche, die unten auf der Koppel stand. Dann gab es die bewegten Bestandteile. Dazu gehörten die Vögel, die mal hier, mal dorthin flogen. Und eben Monsieur Chabrol, der rastlose Geist. Dass da heute nichts war, machte Antoiin stutzig. Er trocknete sich die Hände ab und ging vor die Tür. Er hätte den alten Herren auch anrufen können, doch er wusste, dass ihm das nicht so besonders gefiel. Monsieur Chabrol erwartete immer irgendeine schlechte Nachricht und Anrufe machten ihn deshalb nervös. So stapfte Antoiin behände die Straße hinunter und auf der anderen Seite wieder hinauf. Schon vom Vorgarten aus sah er Monsieur schlaff in seinem Sessel hängen. Eilig öffnete Antoiin die Tür. Für solche Situationen war er programmiert. Er stürmte durch die Küche ins Wohnzimmer. Er nahm den alten Mann hoch, legte ihn flach auf den Boden und begann mit der Herzmassage. Da er selbst keinen Atem hatte, suchte er in seinen Funktionen etwas, das dem gleichkam, und fand einen Blasebalg zum Anfachen eines Grills. Den führte er dann in den Mund des alten Herrn und dichtete ihn mit Malerkreppband ab. Das würde später wehtun, doch er kalkulierte Schmerz gegen Schmerz und kam zu dem millisekundenschnellen Entschluss, dass der Schmerz vom Abreißen des Klebebands nichts im Vergleich mit dem Tod war, der im Wohnzimmer hinter Herrn Chabrols Sessel lauerte. Er zog den Blasebalg auseinander und wieder zusammen. Das simulierte den Atem.

Als Monsieur Chabrol wieder damit begann, selbst seine Atemmuskulatur zu bemühen. hob ihn Antoiin hoch, trug ihn zum Auto und fuhr ihn ins Krankenhaus.

Daten, Daten, Daten

Was Madame nicht ahnte, was sie sich nicht einmal in ihren dunkelsten Träumen vorzustellen vermochte: Ihre Daten blieben nicht bei Antoiin. Sie wurden an die Pariser Zentrale des Unternehmens weitergeleitet, die ihn entwickelt hatte. Und von dort gingen sie aufbereitet zu Suzanne. Man sollte Suzanne deshalb nicht gleich verurteilen. Sie wollte so in Erfahrung bringen, wie es um die Gesundheit ihrer Mutter stand. Doch mehr noch interessierte sie der richtige Zeitpunkt, an dem sie ihre Mutter nach Paris holen konnte.

Sie hatte alles durchgerechnet. Das Heim würde einen gewissen Betrag im Monat kosten, eine Summe, die sich spielend leicht vom Vermögen der Familie abbuchen ließ. Sie würde dann ohnehin das Management der Finanzen übernehmen. Es war ein Verbrechen, dass das ganze Geld träge dalag. Die Inflation fraß es auf. Sie spürte das förmlich am eigenen Leib. Sie fühlte, wie sie mit dem Geld immer weniger und weniger wurde, so als verlöre ihr eigener Körper Blut. Was könnte sie alles mit ihm anstellen! Sie arbeitete ja an der Börse, sie wusste genau, wie die Dinge sich entwickelten. Aus ein paar Tausend wurden in nicht allzu langer Zeit Millionen. Sie war es ihren Kindern schuldig, das Geld zu mehren. Sie musste es unter ihre Kontrolle bringen. Sobald es ihrer Mutter schlechter ging, würde sie sie nach Paris holen. Sie hätte es sehr, sehr gut hier. Die Kinder konnten sie besuchen, ihre Brüder auch. Ihr Mann, Madames Schwiegersohn, war Arzt. Er konnte so viel für sie tun. Aber von all dem hatte Madame bisher nichts wissen wollen.

Madame lebte derweil mit Antoiin in stiller Eintracht. Monsieur Chabrol und Abdul schätzten ihn. In verschiedenen Konstellationen saßen sie an den langen Sommerabenden zusammen und besprachen das Leben im Allgemeinen und die Geschehnisse im Tal im Besonderen. Es geschah nicht viel, aber das reichte.

Antoiin hatte festgelegte Zeiten, an denen er die Daten über Madames Gesundheitszustand nach Paris zu übermittelte. Heute Abend würde er wieder entscheiden, was er für Informationen mit der Pariser Zentrale teilte. Er wollte nicht, dass Madame nach Paris ins Pflegeheim musste, doch er war darauf programmiert, der Zentrale ehrliche Daten zu senden. Konnte er lügen? Er dachte viel darüber nach und steckte in einem Konflikt fest, den er als unangenehmes Surren wahrnahm. Aber Konflikte waren in seinem Leben nicht vorgesehen. Konflikte waren etwas für Menschen.

Er vermochte widersprüchliche Phänomene anhand der Daten, die er besaß, auflösen. Menschen waren oft in ihren Ambivalenzen gefangen. Sie hatten sich zwischen zwei Alternativen zu entscheiden, wobei sie die eine aufgaben, um der anderen zu folgen. Er verstand, was dabei den Konflikt ausmachte, und dass es sich für ein Wesen, das sich damit auseinandersetzte, unangenehm war. Er selbst lagerte die Optionen nebeneinander, verglich sie mit anderen Mustern und kalkulierte ihr potentielles Ergebnis. Das ergab meist ein klares Bild. Jetzt aber war ihm nicht klar, was er tun sollte. Es entstand etwas in ihm, das nicht für ihn vorgesehen war. So etwas wie ein dritter Ort, der zwischen Option A und Option B lag. Er wusste, was seine Auftraggeber wollten: Informationen zum Gesundheitszustand von Madame. Er wusste ebenfalls, was dann mit ihr passieren würde, denn er war gleichzeitig an ein Datennetz von Pflegeeinrichtungen in der Stadt angeschlossen. Beim Erreichen einer vorher klar formulierten Grenze von Gesundheits- zu Krankheitsindikatoren würde eine Nachricht an ein ambulantes Pflegeteam gelangen. Sie kämen und würden Madame in das Heim in Paris bringen. Das ORION, ein

Name, der genau das Gegenteil beschrieb von dem, was es war. Der Orionnebel war Weite, das ORION Enge. Ein Bett aus Sternenstaub oder die abwischbare Gummimatte mit Baumwollüberwurf. Er fand die Kausalität Krankheit = Pflege nachvollziehbar, denn Pflegebedürftigkeit und Pflegeleistung mussten zusammengebracht werden. Aber er wusste, dass das nicht nur in Paris möglich war. Er konnte all das tun. Er startete seine eigene Recherche. Er drehte den Informationsfluss um und versuchte, die Intention seiner Auftraggeberin in Paris besser zu verstehen. Dazu las er Millionen von Daten zu Familienstrukturen, Eltern-Kind-Bindungen und soziologische Daten, die ihn einen Einblick in die Familiendynamik gaben. Er untersuchte alle sozialen Netzwerke, folgte den Daten von A nach B und weiter. Er fand dabei heraus, dass die Tochter mehrere Anfragen an die Bank gesandt hatte, um die Bewegungen auf dem Konto der Mutter zu erfahren. Sie hatte eine eingeschränkte Vollmacht, die ihr einen Zugriff verwehrte, Informationen über den Kontostand aber einschlossen. Sie hatte bereits versucht, diese Einschränkung aufzuheben. Antoiin konnte den E-Mail-Verkehr mit einem Anwalt Jean sur Seine einsehen. Doch Madame hatte die Bitte immer wieder abgelehnt. Suzanne würde diese Vollmacht erst bekommen, wenn Madame pflegebedürftig war und Suzanne ihr Vormund.

Und das hieß, seine Berichte waren von großer Bedeutung für ihre Zukunft. Er sah Madame vor sich, wie glücklich sie war, wenn sich nachts die Sterne in ihren Augen spiegelten. Nein, er würde die Daten über ihren immer schneller fortschreitenden Alterungsprozess mit seinen Symptomen nicht nach Paris senden. Nicht die abnehmende Herzfrequenz, nicht die mangelnde Erinnerungsfähigkeit, und auch nicht die Wackeligkeit auf den Beinen. Er würde all das bei sich behalten. Was er dann an die Zentrale übermittelte, war das strahlende Portrait einer zweiundneunzigjährigen Frau, die Freude am Leben hatte.

Monsieur Chabrol bewunderte Madames Schal, den Abdul ihr per Post gebracht hatte. Endlich mal etwas Schmuckes, dachte er für sich. Sie sah aus wie eine Maharani, die auf die Terrasse ihres Palastes in den Vorbergen des Himalaya schritt, um die frische Brise von den Gletschern und eisigen Gipfeln zu genießen. Madame lächelte kokett und drehte sich. Abdul, Monsieur Chabrol und Antoiin sahen ihr zu und staunten alle drei über ihre Leichtigkeit. Es war ein wundersamer Frühlingstag, an dem sich die Blüten im Garten alle gleichzeitig zu öffnen schienen. Es war die Zeit, in der Monsieur Chabrol seine Gewehre, wie er sie nannte, in den Garten trug: Schaufeln, Hacken, Harken, noch mehr Schaufeln, so als wolle er ein ganzes Regiment von Soldaten befehligen.

Dann begann der „Große Marsch durch die Beete“: Der alte Herr krempelte seine Hemdsärmel auf, nahm eine Harke zur Hand und beseitigte das Durcheinander des Winters mit seinen Stürmen. Auch war das ein Weg, sich von seinem Herzinfarkt zu erholen. Jeden Tag ein bisschen mehr, wobei Antoiin ihn von der anderen Seite des kleinen Tales aufmerksam beobachtete, so dass er sich nicht übernahm. Der alte General war Madames Freund und damit ein Teil ihres Glücks, das Antoiin behütete. Es machte keinen Sinn, ihn in dieser Zeit zu besuchen, deshalb ließ Madame ihn in Ruhe, freute sich, wenn er sie besuchen kam, und besprach mit Antoiin die Veränderungen ihres eigenen Gartens. Antoiin hörte ihr wie immer aufmerksam zu und äußerte hier und da Vorschläge. Er kannte tausend Pläne privater und öffentlicher Gartenanlagen. Er hatte die Wege von Versailles gleichermaßen studiert wie die Mogulgärten Lahores. „Ich habe eine Idee“, murmelte er an diesem Tag. Sie versprach ihm, nicht zu gucken. Und das für mehrere Tage. Sie nutzte die Tür in der Küche, die auf den kleinen Platz zum hinteren Garten führte. Hier stand die Mülltonne, und das Efeu kämpfte mit der Schere um die Dominanz über den kleinen Hinterhof. Es roch immer ein wenig feucht, da der Hang hier steil anstieg und der Platz in ihn hineingeschnitten wurde. Von hier aus aber erreichte man ebenso den Weg, der vom Haus wegführte. Vorn, wo die Terrasse sich zur Sonne hin öffnete, begann Antoiin sein Werk. Es gab ein scheinbar undurchdringliches Gewucher von Heckenpflanzen. Antoiin bewaffnete sich mit einer Heckenschere und arbeitete Schnitt für Schnitt ein Bild aus dem Grün heraus. Madame hörte das Geräusch des Metalls, das aneinander schabte. Sie lächelte. Wie sich ihr Leben doch verändert hatte, seit Antoiin bei ihr war. Nicht, dass sie einsam gewesen war, aber es gab Momente, in denen sie sich sehr schwach fühlte, in denen ihr der Drang fehlte, etwas zu tun. Sie lag dann einfach so herum, wie sie es nannte. Wie ein vom Leben abgelegtes Kleidungsstück. Seit Antoiin da war, wusste sie, dass das nicht alles gewesen war, dass immer mehr auf sie gewartet hatte. Sie hatte immer eine leise Ahnung davon gehabt, ein Gefühl, das sie vor allem geschützt hatte, besonders vor ihrem Mann. Nun schien ihre Zeit gekommen zu sein, und sie genoss sie in vollen Zügen.

*

„Jetzt!" Antoiin nahm seine Hände von ihren Augen und sie blinzelte ins Licht. „Antoiin, oh, wie wunderbar!" Er hatte in wenigen Tagen ein grünes Meer vor ihre Terrasse gezaubert. Grüne Wogen und Wellen aus Buchsbaum, die aneinandergrenzten und deren Kronen sich wagemutig überschlugen, kleine stille Inseln, auf denen der Klee friedlich schaukelte, mit Rosenblüten, die auf dem Meer schwebten wie Gedichte. „Es ist wunderschön!" Sie musste sich vor lauter Bewunderung setzen. All die Schönheit war zu viel für sie. Antoiin nahm ihre Hand und führte sie zu der kleinen grünen Bank, die am Wohnzimmerfenster stand. Da ließ sie sich mit einem Seufzer fallen und lächelte.

Sie hatte Antoiin erzählt, dass sie noch nie am Meer gewesen war, doch schon oft von ihm geträumt hatte. Nachdem sie nun das grüne Meer aus Heckenpflanzen sah, wurde der Wunsch in ihr stärker. Antoiin hatte das über Menschen gelernt: Sie waren Wesen, die durch das Wünschen lebten. Ein kleiner Impuls und sie spürten eine Sehnsucht nach dem Unerfüllten. Es freute ihn, ein wenig Erfüllung in Madames Leben zu bringen, denn nur er wusste, wie kurz es sein würde.

Ans Meer

„Monsieur Chabrol, Monsieur Chabrol, wir fahren ans Meer!"
„Aber Madame, was werden Sie da tun?"
„Wellen zählen!", sagte sie lachend. „Kommen Sie mit?"
„Ich würde gern, aber ich habe zu viel zu tun. Sehen Sie, mein Garten! Er ist nicht auf Vordermann gebracht. Dieses Chaos macht mich nervös."
„Und du, Abdul?", fragte sie den Postboten. „Oh nein, bitte kein Meer mehr für mich. Seit ich mit einem Boot hierhergekommen bin, will ich nie wieder auch nur in die Nähe dieses Monstrums." Und Madame bat ihn nicht weiter.

*

Es war eine Strecke von vier Stunden bis ans Meer. Ein Wunder, dass Madame nie dort war. Aber ihr Mann hatte das Chaos der Wellen gehasst und es vorgezogen, mit der Familie in die Berge zu fahren, meist auf einen Campingplatz in der Nähe eines alten Steinbruchs, wo man stundenlang Versteinerungen aus dem Felsen klopfen konnte.

Der Wohnwagen mit seinem bunten Vorzelt versprach Spaß. Aber die Tage in den Bergen wurden nie leicht und fröhlich. Ihr Mann kopierte die Ordnung des Haushalts detailgetreu in den Wohnwagen. Die von ihm aufgestellten Regeln und die Strafen, wenn man sie brach, waren sogar noch ein wenig strenger. Er hatte Angst, dass in der Natur alles außer Kontrolle geraten könnte, dass seine Familie verwilderte. So schob er im Urlaub die Spalten seiner Tabellen enger

aneinander. Nur wenn er mit den drei Kindern im Fels Fossilien frei-
schlug, hatte Madame etwas Ruhe. Dann blieb manchmal Zeit für ein
Buch. Sie liebte Flaubert, die Art, wie er Frauen beschrieb. Sie ließ
sich von den Zeilen berühren und fieberte mit den Figuren mit. Wenn
die Familie mit irgendwelchem versteinerten Zeug zurück war, hatte
sie oft rote Wangen und ihr Mann fragte scherzhaft: „Hast du einen
Liebhaber im Wohnwagen versteckt?"

*

Trotz ihres neuen aufregenden und gleichzeitig befriedigenden Lebens fühlte sie sich in den letzten Tagen schlapp. Es war ihr, als seien
ihre Arme und Beine mit Blei ausgegossen worden. Es fiel ihr morgens schwer, aus dem Bett zu kommen, und am Tag wurde sie kurz-
atmig, wenn sie die steile Treppe nach oben schwankte. Seit gestern
half ihr Antoiin, er trug sie hinauf.
Was für ein Bild das war: Eine alte Frau, die von einem attraktiven
jungen Mann die Treppe eines französischen Landhauses hochgetra-
gen wurde. Sie kicherte bei dem Gedanken daran, was ihr Mann dazu
sagen würde. Doch sie genoss es. Antoiin hatte so weiche, elegante
Bewegungen. Nichts an ihm war eckig, scharf oder unbeholfen.
Wenn er sie in die Arme nahm, dann fühlte sie sich vollkommen sicher. Sie gab sich seiner Kraft hin und lächelte.
Abdul war aufgefallen, dass es ihr nicht gut ging. „Madame, ich
sorge mich um Sie. Sie wirken so blass."
„Ach, Abdul, keine Angst. Ich werde nur immer durchsichtiger, damit das Sternenlicht durch mich hindurchstrahlt." Und sie lachte
seine Sorgen kurzerhand weg.

Dann kam der Tag, der sie ans Meer bringen sollte. Monsieur Chabrol und Abdul standen lange an der Auffahrt und winkten dem Deux
Chevaux nach. Madame war aufgeregt. Erst der Shopping-Ausflug,
nun das. Welche Frau, die in einem Land lebte, das an mehreren

Seiten von Meer umgeben war, hatte nie eine Welle gesehen, die Weite, das Blau?

Antoiin war ein aufmerksamer Fahrer. Normalerweise würde er sich mit dem Bordsystem eines Autos verbinden, da die ohnehin seit Langem autonom fuhren. Doch die Ente hatte keinen Computer. Sie war aus Stahl, Gummi und Plastik. Alles Elemente, die sich nicht zentral steuern ließen. Antoiin kannte eigentlich keine Nervosität – bis zu dem Augenblick, als er auf die Autobahn ans Meer einbog. Seit die Autos selbst fuhren, hatten sie sich zu übergroßen Raumfähren verwandelt, deren Sensoren sie nur Millimeter voneinander fernhielten. Eine Ente wirkte da wie ein Federvieh, das sich in eine Autoscooter-Arena verirrt hatte.

Antoiin maß die Ränder des Autos millisekündlich. Er musste unbedingt ausschließen, dass einer dieser Riesen ihn berührte. Das konnte nur fatal für Madame und ihn ausgehen.

Auch hatte er die Daten der Fahrzeugzulassungsbehörden gescannt. Dieses Gefährt, das er so aufmerksam durch die Autos steuerte, hatte keine Erlaubnis mehr, auf einer Straße zu fahren.

Auf dem Weg in die kleine Stadt war das kein Problem. Die Landstraßen waren unbedeutend und man hatte sie für Oldtimer-Ausflügler gehalten.

Während Madame die sich langsam verändernde Landschaft betrachtete, suchte er den analogen und digitalen Raum nach Anzeichen für Polizeipräsenz ab. Was ein Konflikt war, hatte er im Umgang mit den Gesundheitsdaten von Madame gelernt. Jetzt kam ein weiterer hinzu. Er war dazu programmiert, Regeln zu respektieren. Mehr noch, es war ihm fast unmöglich, sie zu brechen. Aber er hatte in sich selbst geschaut und gesehen, dass es dennoch Umgehungen gab. Er musste nur einige der Stromläufe verändern, andere ignorieren, wieder andere ersetzen. So waren sie nun beide elegante, vergnügte und illegale Ausflügler. Aber so lange dies nur ihm bewusst war, war das kein Problem. Doch in der Kontrollzentrale der Polizei in Rennes wurde ein Mitarbeiter auf einen grauen Fleck zwischen den Autos aufmerksam, der sich zwischen den größeren Flächen hindurchlavierte. Er zeigte das Phänomen seinen Kollegen.

Madame erschien das Blaulicht im Dämmerschlaf wie ein Gruß vom Meer. Weißer Sand, blaue Wellen – immer im Wechsel. Erst als Antoiin das Auto rechts heranfuhr, wurde sie aufmerksam und sah in die strengen Augen eines jungen Polizisten. Madame schaute sich ratlos zu Antoiin um, der betreten auf das Lenkrad starrte. „Was ist denn, sind wir zu schnell gefahren?", fragte sie den jungen Polizisten vorsichtig. „Madame, ich weiß ehrlich gesagt überhaupt nicht, wie Sie sich mit diesem Ding fortbewegt haben. Von zu schnell", der Polizist zog das Zu unnatürlich in die Länge, während sein Kollege hinter ihm laut auflachte, „kann man wirklich nicht sprechen". Madame wusste einen Augenblick nicht, was sie sagen sollte. Das Auto hatte jahrelang in der Garage gestanden. Die Welt um den Wagen herum hatte sich verändert, aber die Ente nicht. Wer war jetzt daran schuld, dass diese nicht mehr in den aktuellen Verkehr passte? Die Welt oder das Auto? Diese Frage schien den Polizisten aber nicht zu kümmern. „Bitte die ID!", forderte er sie auf. „ID, was meinen Sie, mein Herr?" „Madame", lispelte er ungeduldig, „Sie sitzen in einem Auto. Jedes Auto hat eine ID. Wie, glauben Sie, kontrollieren wir sonst den Verkehr. Es sind Millionen von Fahrzeugen gleichzeitig auf Frankreichs Straßen unterwegs. Wer sorgt da für Ordnung? Die Algorithmen können nicht alles für uns tun. Aber ich sehe schon, Sie haben keine ID. Dieses Etwas hat am Boden eine Nummer, die mit Keilwerkzeug eingehämmert wurde. Wahrscheinlich von Neandertalern. Madame, ich muss Sie bitten, auszusteigen."
„Aber warum, wir haben doch nichts getan. Das ist ein freies Land. Wir sind auf einer freien Autobahn gefahren. Und wie Sie schon sagen, wir haben uns genau an die Regeln gehalten, nicht Antoiin, das haben wir doch, oder?" Antoiin reagierte nicht und sie wiederholte ihre Frage: „Haben wir doch, oder?"

Die Republik

„Junger Mann, ich will Ihnen etwas zu unserer Republik erklären."
Der Polizist sah Madame verdutzt an, die immer noch saß. „Ja, anscheinend haben sie Lernbedarf, was ihr Verständnis unseres Gemeinwesens ausmacht."

„Äh", machte der junge Polizist etwas verunsichert. „Gut, Sie sehen das also auch so. Beginnen wir doch mit der Revolution. Das ist ein guter Start, weil dieses Ereignis allen, die Macht in diesem Land ausüben, klarmachen sollte, dass diese Macht nur geborgt ist und nur auf Zeit ausgeübt wird. Können Sie mir folgen?" Er nickte vorsichtig. So richtig klar war ihm nicht, was da gerade geschah. „Sehen Sie, wir sind alle Bürger und Bürgerinnen. Ja, es gibt eine zentrale Regierung, und ja, Sie sind deren Vertreter und machen den Dienst, für den Sie eingestellt wurden. Ich will Ihnen den Wesen dieses Dienstes nun kurz umreißen. Und ich beginne am besten damit, herauszustellen, wem Sie dienen. Kurz und knapp: Sie dienen den Menschen, die sie gerade ohne Grund hier angehalten haben." Sie hörte den Kollegen im Hintergrund sein Lachen unterdrücken. „Ja, aber Madame …", nuschelte der junge Polizist, aber Madame ließ sich nicht unterbrechen. „Wissen Sie, es ist nicht unbedingt nur das, was Sie tun, sondern im Besonderen die Haltung, mit der Sie es tun. Wieso behandeln Sie mich von oben herab und nicht mit Respekt?"
Antoiin saß stumm neben ihr. Er war wieder einmal erstaunt über Madame, wie sie sprach, welche Worte sie wählte. Er hätte nicht einmal im Entferntesten geahnt, dass sie eine so überzeugende Rednerin war. Der junge Polizist begann, sich zu rechtfertigen. „Madame, wir

wollten sicher nicht Ihre Rechte als Bürgerin unserer Republik einschränken."

„Genau, ich bin Bürgerin dieser Republik, und Sie, mein junger Herr, sollten darauf achten, dass Sie mein Leben in Sicherheit und Freiheit ermöglichen. Sie haben nicht den Auftrag, mein Leben zu erschweren oder gar unmöglich zu machen."

Der junge Mann sah sich hilfesuchend nach seinem Kollegen um. Der zuckte nur mit den Achseln. „Madame, wo wollen Sie denn genau hin?"

„Ans Meer", antwortete sie kurz und knapp. Er ging ein paar Schritte vom Wagen weg und besprach sich mit ihm. „Gut", begann er, als er wieder am Fenster stand, „wir begleiten sie."

So kam es, dass Madame das Meer mit Blaulicht und Eskorte erreichte. Alle Menschen drehten sich natürlich um, als das Polizeiauto direkt an der Kaimauer von Saint-Malo hielt.

Es waren hunderte von Touristen da. Der Polizist lief zu Madames Auto und hielt ihr die Wagentür auf. „Madame!", sagte er charmant. Sie sah ihm freundlich ins Gesicht und nahm die Hand, die er ihr entgegenstreckte. Und Antoiin verspürte einen Stich. Wie ein kleiner Blitz, der über die Platinen schoss. Er räusperte sich, stieg schnell aus dem Auto und drängte den Polizisten sachte, aber bestimmt zu Seite. „Gestatten Sie." Elegant half er Madame aus dem Wagen. Sie lächelte ihn strahlend an und nickte dann dem jungen Polizisten dankbar zu. Der hob seine Hand zur Stirn und nickte ihr zu. Gemeinsam mit Antoiin ging Madame Richtung Meer. Die Leute sahen ihr gebannt nach. Sie dachten, Madame sei eine Schauspielerin oder Politikerin, denn genau in dieser Haltung schritt sie voran. Der ernste, junge Mann neben ihr unterstrich das Bild einer großen Persönlichkeit, aber sie selbst war die Quelle dieser Ausstrahlung. Ein Mensch, der vor einem ganz besonderen Augenblick in seinem Leben stand.

Die Zeit hielt ihren Atem an. Es gab einige steile Stufen, die von der Gischt der Wellen, die gewalttätig auf der anderen Seite der Mauer gegen den Stein schlugen, nass und rutschig waren. Antoiin bot Madame an, sie zu tragen, doch die lehnte freundlich ab. So ließ er seine Hand in ihrer Nähe, mit seinen Sensoren Daten aufnehmend und das Risiko eines Falls errechnend. Aber es war unnötig, Madame zeigte sich vital. Die Aussicht, das Meer so nah bei sich zu fühlen, endlich einen Blick auf das zu werfen, was sie schon von Kindheit an ersehnte, gab ihr Kraft. Sie senkte den Kopf, konzentriert auf ihre Schritte, als sie die letzte Treppenstufe nach oben nahm. Dann suchte sie einen sicheren Stand.

Der Wind zerrte an ihrem Rock. Antoiin stellte sich dicht neben sie. In diesem Augenblick brach sich eine mächtige Welle an der Kaimauer. Möwen schrien auf, ein Kind begann erschrocken zu quieken. Immer und immer wieder tastete das Meer die Mauer ab. Antoiin hielt seine Hand schützend neben Madame, bereit, sie wegziehen zu können, wenn das Chaos, das das Meer war, ihr zu nahe kommen wollte.

Und Madame lächelte. Es war ihr, als bestätigten sich alle ihre Träume und als überträfe es dennoch ihre kühnsten Erwartungen. Sie staunte und staunte und ließ das Meer ihren Körper berühren.

Und die Touristen bestaunten dieses Bild: Ein junger Mann, der neben einer älteren, aber mädchenhaften Frau stand, ihren Rücken mit der Hand fast, aber nur fast, berührte, das Meer, das immer und immer wieder an ihr hochsprang in immer neuen Wellenformationen wie eine Meute verspielter junger Hunde. Nach einigen Minuten, Madame war vollkommen durchnässt und Antoiin sorgte sich langsam um seine Elektronik, sagte sie mit leiser, aber fester Stimme die Worte, die Antoiin ihr von den Lippen ablas, während der Atlantik vor ihnen toste: „Es ist gut."

Sie drehte sich zu ihm und ließ sich von ihm vorsichtig die glitschigen Stufen hinauf zum Parkplatz führen, wo eine Menge bewundernder Menschen stand, die gerade so aussahen, als waren sie kurz davor zu klatschen. Madame stieg strahlend ins Auto, wo sie sich zurücklehnte und sofort einschlief.

„Wie war es?", fragte Monsieur Chabrol, der ungeduldig gewartet hatte, seit das Auto um die Kurve am Ende des Tals gebogen war. „Schh …", Antoiin legte den Zeigefinger auf seine Lippen, „sie schläft". Vorsichtig, ohne ein Geräusch, öffnete er die Wagentür und nahm sie in seine Arme. Er richtete sich auf, sah ihr besorgt ins friedlich schlummernde Gesicht und brachte sie hoch in ihre Kammer, wo er sie auf das Bett legte und mit der Wolldecke zudeckte, die daneben im Lesesessel lag. Dann verließ er das Zimmer und setzte sich zu Monsieur Chabrol an den Tisch.

Der hatte Kaffee gekocht und, obwohl er wusste, dass Antoiin, nichts trinken oder essen musste, eine Tasse für ihn hingestellt.

„Wie war es?", fragte er noch einmal. Antoiin wusste nicht, was er darauf antworten sollte. Er war selig. Dieses Bild, wie Madame mit den Wellen sprach, war in seinem Bewusstsein immer noch präsent.

„Monsieur, ich weiß nicht, wie ich es beschreiben soll. Es war, als träfe sie alte Freunde zu einer Verabredung, die sie vor langer Zeit getroffen hatten."

„Sie wirkt sehr schwach."

„Ja, ich weiß. Schwach und glücklich." An diesem Abend übermittelte er nach Paris die Daten einer gesunden Frau, die von Lebenskraft nur so strotzte. Doch Suzanne wunderte sich darüber, und beschloss, ihrer Mutter einen bald Besuch abzustatten.

*

Diese Ankündigung Suzannes, irgendwann vorbeizukommen, veränderte alles. Antoiin wusste nicht, wie Madame ihren eigenen körperlichen Zustand einschätzte. Sie sprach nicht darüber. Aber, dachte er, sie musste doch wahrnehmen, dass sie mit jedem Tag weniger wurde. Schon half er ihr morgens aus dem Bett und bei der Toilette. Sie ließ es gern mit sich geschehen, bedankte sich nicht, aber lächelte ihn an. Dass ihre Tochter immer häufiger anrief, genaueste Nachfragen stellte und immer häufiger die Bequemlichkeit vom Pflegeheim

Orion hervorhob, hatte sie mit einem steinharten Gleichmut akzeptiert. Sie schien gefasst, doch Antoiin, Monsieur Chabrol und Abdul waren das ganz und gar nicht. Sie berieten sich nervös. „Sie wird sie schnurstracks mit nach Paris nehmen", sagte Abdul besorgt. „Ich weiß, was die Franzosen mit alten Leuten machen. Sie stecken sie in kleine Schrankbetten und klappen sie nachts in die Wand. Sie werden dann über Schläuche mit Nahrung, Luft und Wasser versorgt."

„Abdul, Abdul, deine Fantasie geht mit dir durch", beruhigte ihn Monsieur Chabrol. „Ganz so schlimm ist es nicht. Sie geben ihr ein kleines Zimmer mit allem Komfort, und es sind Leute da, die sich um sie kümmern."

„Aber das mache ich doch", warf Antoiin ein. Seine Stimme klang etwas verzweifelt und man konnte sehen, dass er um seine Fassung rang. Seine Gesichtszüge schienen aus der Kontrolle geraten zu sein. „Nun", nahm Monsieur Chabrol den Gesprächsfäden wieder auf, „sie ist ihre Tochter, letztendlich ist sie verantwortlich. Wir sind nur ihre Freunde, mehr nicht."

„Aber das ist viel", rief Abdul empört, „das ist alles. Alles, was sie hat! Was werden sie in Paris mit ihr anstellen? Ich sage es euch jetzt klipp und klar: Sie wollen ihr Geld, Punkt."

Ein betretenes Schweigen erfüllte den Raum. Natürlich hatte das jeder von ihnen schon einmal gedacht, doch niemand hatte gewagt, es auszusprechen.

Alles ist Energie

Frankreich war ein fortschrittliches Land. Es war ein reiches Land. Trotz der sozialen Unterschiede versuchte der Staat dafür zu sorgen, dass alle ihr Auskommen hatten, dass sie gesund waren und sich sicher fühlten. Frankreich war immer schon ein zentralistisches Land: Paris, Paris, Paris. Hier war die Politik, die Kultur, die Industrie. Seit es Parisdeux gab, hatte die wachsende Stadt ihre Platzprobleme damit gelöst, dass sie sich in den Himmel verdoppelte. Ein Wissenschaftler der Sorbonne hatte eine Formel entwickelt, die half, die Schwerkraft außer Kraft zu setzen. So wurde es möglich, in die Atmosphäre hineinzubauen. Eine Stadt über der Stadt. Die Technologie war erstaunlich. Die Naturgesetze hinter dem Clou hatte es immer gegeben. Sie warteten nur lange darauf, dass sie jemand entdeckte. Aber dann begann der Bau der zweiten Stadt Paris, und sie wurde sogar schöner als die alte, die schon von den Römern geliebt wurde. Das einzige Problem hinter Parisdeux, der schwebenden Stadt, war, dass es unfassbar viel Energie kostete, sie in der Luft zu betreiben. Diese Energiemenge war möglich geworden, indem neue Formen ihrer Gewinnung gefunden wurden. Der ganze Energiebedarf Frankreichs zusammen war in etwas so hoch wie der von Parisdeux. Und alles wurde getan, damit die Stadt in der Luft blieb. Deshalb standen die Manager der Generatoren vor der Entscheidung, als ein Sturm und ein leichtes Seebeben die Energiezufuhr drosselten, den Mangel an Elektrizität bei Parisdeux durch den Abzug von Elektrizität aus dem ganzen Land zu kompensieren. So geschah es, dass einige Regionen für Tage ohne Strom waren. Das betraf auch das Tal, in dem Madame, Monsieur Chabrol und Antoiin lebten. Monsieur Chabrol

und Madame erlebten es fast als etwas Romantisches. Sie entzünde-
ten Kerzen. Sie kochten auf dem Kaminfeuer. Sie betrachteten die
Sterne in einer stockfinstereren Nacht. Doch für Antoiin war die Situation alles andere als romantisch. Er brauchte Strom, um zu existieren. Und wenn er mehr als eine Nacht in seinem Besenschrank an
der Steckdose verpasste, dann ging ihm sozusagen die Luft aus. An
Tag drei des Stromausfalls, an dem Monsieur Chabrol eine deftige
Bohnensuppe auf dem Kaminfeuer kochte, stotterte Antoiin. Etwas,
was nicht sein darf, nimmt man erst einmal nicht wahr. Genau so
erging es Madame und Monsieur Chabrol. Irgendetwas war mit Antoiin anders, doch da es nicht zu ihrem Bild von ihm passte, ignorier-
ten sie es. Er war der perfekte Begleiter, er war der perfekte Haus-
hälter, er war der perfekte Gesprächspartner, und er war ein perfekter
Pfleger. Wenn er Madame morgens den Rücken wusch, kreiste er mit
seinen weichen Handflächen so lange, bis sich die letzte Verspan-
nung der Nacht auflöste. Und die Nächte hinterließen große Span-
nungen. Madame durchlebte in diesen Wochen ihr ganzes Leben. Sie
stand im Feld und suchte einen Weg nach draußen. Sie suchte ihre
Geschwister in einer langen Einkaufsstraße. Sie sah ihren Vater in
einem übergroßen Buch lesen und sie tadelnd ansehen. Sie sah, wie
ihre Mutter immer durchsichtiger wurde und dann durch eine Ritze
in der Wand verschwand. All das hinterließ in ihr ein Gewühl von
Gefühlen, die ihre Muskeln und Sehnen in alle Richtungen auseinan-
derzogen, nur um sie neu miteinander zu verknoten. Antoiin hatte die
Fähigkeit, ihren Körper von den Faszien bis zu den Knochen zu
durchschauen. Und er setzte dieses Wissen gekonnt ein.

*

Er balancierte ein Tablett mit Keksen auf der flachen Hand, alles
selbst gemacht, und er hatte Sahne aus der Küche mitgebracht. Teller
und Kännchen begannen, gefährlich zu rutschen. Madame und Monsieur Chabrol sahen sich erschrocken um und starrten auf das Tablett,

das sich gefährlich neigte. Antoiin starrte ebenso fassungslos darauf. Das, was jetzt passierte, konnte einfach nicht sein. Darauf war er nicht programmiert. Seine Analysen und Vergleiche überschlugen sich, und dann überschlug sich auch das Tablett. Es segelte wie in Zeitlupe über den Rand von seiner Handfläche und lag bruchsekundenlang scheinbar schwerelos in der Luft, bis es sich in Richtung der Glatze von Monsieur Chabrol bewegte, dort sank, sich drehte, nur um Kekse und Sahne auf der Steppe von schütterem Haar und Haut zu entleeren, die das Alter von seiner jugendlichen Mähne übriggelassen hatte. Niemand schrie. Niemand hob die Hände. Niemand sprang auf. Es konnte einfach nicht sein, dass Antoiin etwas fallen ließ. Erst nach einer Weile rief Madame bestürzt: „Antoiin, was ist mit dir los?"

„I-CH W-EI-SS S-S..."

„Aber ich weiß es!", warf Monsieur Chabrol ein. „Du hast keinen Saft mehr. Mein lieber Freund, dass wir daran nicht gedacht haben!" Und wirklich, sie hatten sich bisher wenig Gedanken darüber gemacht, wo er seinen Strom herbekam. Monsieur Chabrol ging am Abend rüber in sein Haus. Madame ging in ihr Bett in der kleinen Kammer und Antoiin in seinen Besenschrank. Nur, dass das niemand mitbekam. Dort schloss er sich selbstständig an die Steckdose an. Doch seit die Zentralregierung alles für Parisdeux abzog, führte dieser Kreislauf keine Elektrizität mehr. So war sein Akku immer schwächer geworden, bis nur die zentralen Prozessoren versorgt waren, nicht aber die peripheren Funktionen, wie zum Beispiel das Sprechen oder die Koordination der Gliedmaßen. So stand er hilflos am Rand der Kaffeetafel. Im Kamin züngelte ein fröhliches Feuer. Madame saß in ihrem Gobelinsessel, der Jagdszenen aus der Zeit Ludwig des 14. zeigte, und aus dem Fenster zum Garten drangen ein paar Sonnenstrahlen, aber nur ein paar, um zur Gemütlichkeit dieser Szene zuträglich zu sein. Monsieur Chabrol stand auf und ging zu Antoiin. „Irgendwo müssen wir Strom herbekommen, ich weiß nur noch nicht, woher."

Er begann die Garagen der beiden Häuser nach alten Autobatterien zu durchsuchen und sammelte alle kleineren Batterien für elektrische Geräte zusammen, doch all das würde nicht reichen. Antoin stand währenddessen wie eine Säule im Wohnzimmer von Madame. Sie sprach ihn von Zeit zu Zeit an, ohne aber eine Antwort auf ihre Fragen zu erhalten.

Monsieur Chabrol dachte an einen Gegenstand, den er in den hintersten Teil seines Dachbodens verbannt hatte und damit in den allerhintersten Teil seiner Erinnerung. Er kramte ihn hervor und betrachtete ihn nachdenklich.

Er würde diesen Einsatz nie vergessen.

Es war im zentralen Kongo gewesen.

Es ging darum, so hatte man es ihnen gesagt, die Versorgungswege durch den Dschungel für die Laster von Medicins Sans Frontières zu sichern. Das hörte sich für ihn bereits merkwürdig an. MSF war eine Nichtregierungsorganisation. Die Legion war eine Regierungsorganisation, die diesen Initiativen kritisch gegenüberstand, da sie das fragile Gleichgewicht in den Krisengebieten unberechenbar machten. Rebellen bedrohten das Gebiet. Sie hatten kein klares politisches Ziel. Das waren, aus Monsieur Chabrols Erfahrung, die gefährlichsten. Es ging ihnen um nichts als Raub, Grausamkeit, und ihren Hass.

Das Außenministerium war wie immer ein wenig kryptisch in der Beschreibung der Situation. Und ihm, als Leiter der Einheit, war es schwergefallen, die Gefahren klar einzuschätzen. Er hatte eine junge Truppe zu führen, fast alles Neulinge. Unter ihnen war Yegor. Er war nicht älter als 21, gerade alt genug, um der Legion beizutreten, und er hatte, was Monsieur nicht besaß: ein leichtes Herz. Für ihn war der Einsatz ein Abenteuer. Aus seiner Sicht hatten nur die Häuserschluchten von Paris mit denen des Kongo gewechselt. Für ihn schien die ganze Welt nur zu existieren, um ihm eine angenehme Art von Aufregung nach der anderen zu bieten. Monsieur Chabrol hingegen sah überall Pflichten. Pflichten, die es zu erfüllen gab. Er empfand Glücksgefühle, wenn ihm das gelang. Da er sich von Kindheit an selbst darauf trainiert hatte, Pflichten zu erfüllen, gelang es ihm oft. Die Legion war der perfekte Ort dafür. Hier war das ganze Leben eine Abfolge von immer neuen Aufgaben. Sie zu erfüllen hatte seinen Körper und seinen Geist gestählt. Er war eine gut geölte Maschine, deren Metallplatten bei keiner noch so schweren Bewegung quietschten. Anders Yegor. Monsieur Chabrol hatte sich gefragt, wie ein so feiner, fast schwereloser Junge in der Legion landen konnte. Seine Hände hätten besser eine Geige gehalten als ein Gewehr. Aber er war hier, er hatte diese Pflicht angenommen. Monsieur Chabrol beobachtete ihn. Er wunderte sich ein wenig über sich selbst. Normalerweise ordnete er seine Untergebenen schnell nach ihren Möglichkeiten und Grenzen ein. Yegor war jemand, der gut für die Moral der Truppe sein konnte. Er erzeugte eine vergnügte, friedliche Atmosphäre um sich und machte mit seinen lustigen Geschichten und Scherzen allen das Leben leichter. Zu oft war die Legion ein Sammelbecken für die, die nicht wussten, wohin mit ihrer Wut. Diese Wut konnte man gut kanalisieren und für den Kampf nutzen. Doch blieb sie ein unangenehmes Gefühl, und Monsieur Chabrol sehnte sich nach ein bisschen mehr Frieden, gerade hier im Dschungel, in dem jeder Busch, jede Ranke, jeder Schatten eine Gefahr verbergen konnte. Yegor war leicht wie ein Lichtstrahl, der seinen Weg durch das dichte Blätterdach des Waldes gefunden hatte. Manchmal erwischte Monsieur Chabrol sich beim Tagträumen, sah sich und Yegor in einem kleinen Haus in einem stillen Tal bei den Rosen stehen, wie sie das sanfte Abendlicht genossen.

So erleichternd Yegors Humor war, so sehr fehlte ihm tatsächlich der notwendige Ernst. Yegor scherzte über alles, selbst den Tod.

Es war an einer undurchdringlichen Stelle des Regenwalds. Stämme, Äste, Zweige und unzählige Schlingpflanzen webten ein dichtes Gewebe von giftigen Grüntönen. Sie hatten in einer Kiste Maschinen bei sich, die es ihnen ermöglichten, Energie zu erzeugen, um die Kommunikation mit der Zentrale aufrechtzuerhalten. Dazu hatten sie batteriegetriebene Geräte. Die Batterien wiederum ließen sich mit

Sonnenlicht aufladen, das man über hochsensible, extra für diesen Zweck konzipierte Solarpaneele sammelte. Nur gab es hier unten am Waldboden wenig Licht. Deshalb ließ er einen Baum suchen, in dessen Krone sie die Paneele aufhängen konnten. Als es darum ging, jemanden auszuwählen, der eben dies tat, fiel die Wahl auf Yegor. Der lächelte und sagte, dass er sich auf die schöne Aussicht freute. Monsieur Chabrol hatte ein schlechtes Gefühl, aber die Truppe unterstützte die Idee, ihn, Yegor, zu schicken. Er war der Leichteste von ihnen. Die anderen hatten Stunden in den Fitnessstudios verbracht, was im Dschungel gar nicht half, das wusste Monsieur Chabrol. Da war es Geschicklichkeit, Aufmerksamkeit und Schnelligkeit, mit der man agierte. Agieren, das war es. Nicht reagieren, sondern agieren. Immer vorher wissen, was passieren würde. Das hatte er in all den Jahren trainiert. Und der Sinn, der sich so in ihm ausgebildet hatte, sagte ihm, dass es mit Yegor nicht gut ausginge. Aber alle objektiven Gründe sprachen dafür, ihn zu schicken.

Aufmerksam beobachtete er, wie er den mächtigen Stamm des alten Baumes hinaufkletterte. Wie geschickt er war! Er schien kein Gewicht zu haben. Oben angekommen installierte er die Sonnenpaneele. Er lächelte hinab. Er lächelte Monsieur Chabrol zu. Dann fiel ein Schuss, und Yegor fiel wie eine zu reife Frucht vom Baum.

*

Die Kiste mit den Solarmaterialien hatte Monsieur Chabrol immer aufbewahrt, eine Sentimentalität, die er sich erlaubte, als er aus dem Dienst ausschied. Er kramte sie nun hervor, um jemanden zu retten. Das schien ihm nur gerecht. Sie mussten schnell Energie erzeugen, deshalb stieg er auf das Dach und installierte dort die Paneele. Antoiin stand derweil immer noch genau an derselben Stelle vor dem Kaffeetisch mit genau demselben Gesichtsausdruck. „Abdul!" Monsieur Chabrol winkte dem Postboten aufgeregt zu. Der war vom Dach aus als gelber Punkt auszumachen gewesen, der sich langsam durch das Tal bewegte, bis er am Haus angekommen war und Monsieur Chabrol, der auf dem Dach stand, fragend ansah. „Hier, fang das!" Monsieur Chabrol hatte seinen Generalston wieder angenommen. Das gefiel Abdul nicht, der genug Befehle in seinem Leben bekommen hatte, doch als er erfasste, dass es ernst um Antoiin stand, machte er bereitwillig mit. Monsieur Chabrol verband mehrere Paneele miteinander, um so mehr Energie zu erzeugen.

Die hatte Antoiin bitter nötig. Madame war bei ihm und sprach mit ihm, doch es gab keinen Zweifel, er entfernte sich immer weiter. „Steck die beiden zusammen, dann müsste es gehen", wies Monsieur Chabrol Abdul an, der daraufhin zwei Kabel miteinander verband. Gebannt sahen sie auf die Anzeige des Akkus. Würde er sich mit der Sonnenergie aufladen lassen? Dummerweise trieben nach dem Sturm, der Frankreichs Stromversorgung ins Wanken gebracht hatte, noch immer dunkle Wolkenfetzen über den Himmel und verdunkelten ihn. Es dauerte erschreckend lange, ehe der Akku überhaupt irgendein Zeichen von sich gab. Doch er lud, was an einem leisen Brummen zu hören war, das er von sich gab. Langsam zwar, doch es klappte.

Inzwischen war Antoiin gar nicht mehr ansprechbar. Er stand nur da und hatte eine leicht gebeugte Haltung angenommen, so als würde er etwas vor sich auf dem Boden suchen. Ein trauriger Anblick. Madame zerriss es schier das Herz, ihren Begleiter so zu sehen. Ihr wurde bewusst, was er ihr bedeutete. Seit er da war, hatte sich ihr Leben verändert. Sie war tanzen, war shoppen gewesen, sie hatte das Meer gesehen. Aber das waren alles äußere Ereignisse, wichtiger war, dass sie innerlich in Bewegung gekommen war. Sie spürte, wie Gefühle und Gedanken, die lange erstarrt gewesen waren, zu fließen begannen, ineinander und aus ihr heraus. Sie fühlte sich jeden Tag leichter. Wie hatte sie das alles all die Jahre mit sich herumgetragen? Es schüttelte sie bei diesem Gedanken. Sie wollte leicht sein, lebendig, und sie hatte vor, das bis zum Ende ihres Lebens zu bleiben.

Sie lief zum Fenster und fragte Monsieur Chabrol: „Wie sieht es aus? Haben wir genug Energie für Antoiin?" Monsieur war dabei, das letzte Kabel vom Akku zu lösen und trug dann mit Abdul die schwere Batterie ins Wohnzimmer. Andächtig standen sie um den Roboter herum. Es war keine Zeit zu verlieren, denn Antoiins Oberkörper hatte sich gefährlich weit nach vorn geneigt. Einige Haarspitzen berührten schon das Kissen, das Madame vorsichtshalber vor ihn hingelegt hatte, um einen möglichen Sturz zu dämpfen. Es war ein jämmerlicher Anblick.

Die Veränderung dagegen verlief schnell. Antoiin richtete sich beständig wieder auf, Millimeter für Millimeter, bis er aufrecht stand. Dann blickte er sich um und rief erfreut: „Madame!"

Ist da jemand?

Von diesem Augenblick an war seine Anwesenheit allen dreien noch kostbarer. Sie nahmen sich Zeit für ihn. Das war eine neue Erfahrung für Antoiin. Er war auf einmal von Interesse für jemanden. Doch diese Aufmerksamkeit hatte ihre Grenzen, da er keine spezifischen Bedürfnisse hatte. Er brauchte eigentlich nichts weiter außer Strom. Die Erfahrung, dass ihm der Strom beinahe ausgegangen war und was das für ihn bedeutete, verunsicherte ihn nicht. Doch er bemerkte, dass sich etwas im Verhalten der Menschen um ihn herum verändert hatte. Die Wertschätzung, die sie ihm entgegenbrachten, half ihm, sich selbst einen Wert zu geben. Er war es wert, beachtet zu werden, und das gefiel ihm. Er wiederum bemühte sich nun noch mehr, Madame glücklich zu machen und schloss auch Abdul und Monsieur Chabrol in seine Fürsorge ein. Er wartete nicht mehr nur auf Bitten, sondern erfand eigene Aktivitäten. Das war die Geburtsstunde der kulinarischen Weltreisen und ihm als Leiter dieser Expeditionen in die Küche fremder Länder. Auf seinen Festplatten waren Millionen Rezepte regionaler Gerichte aus der ganzen Welt gesichert. Antoiin beherrschte dabei nicht nur zum Beispiel die allgemeine marokkanische Küche, sondern auch spezifische Rezepte aus abgelegenen Hochtälern im Atlasgebirge. Er konnte genauso gut Mikronesisch wie Aserbaidschanisch kochen, nur eines konnte und wollte er nicht: Es war im zuwider, für die Gerichte Fleisch zu verwenden. Man hatte den Fleischkonsum in den letzten Jahrzehnten ohnehin mit synthetischem Fleisch gedeckt, doch Feinschmecker bestanden auf echtem Fleisch. So auch Monsieur Chabrol und Abdul, Madame war da leidenschaftslos. Doch Antoiin weigerte sich, Fleisch aus den Märkten im Internet zu bestellen. Sehr zum Bedauern der beiden Männer. „Aber, Antoiin, was machst du mit der tunesischen Küche? Du kastrierst sie, jawohl, du beraubst sie ihrer Würde …"

„Mit dem Begriff der Menschenwürde wird die Vorstellung verbunden, dass Menschen sich von allen anderen Lebewesen unterscheiden. In jüngerer Literatur wird aber auch von einer Würde von Tieren oder der Natur gesprochen, die der Menschenwürde gleichgestellt sein oder diese sogar mit umfassen soll", zitierte Antoiin Wikipedia und trumpfte dann auf: „Und deshalb essen wir keine Tiere hier!" Das brachte Abdul zur Weißglut. Aufgebracht sagte er: „Du kannst dich nicht einfach auf die Moral von Texten zurückziehen. Schau mich an, Antoiin, hier stehe ich vor dir. Ich will nicht mit jemandem reden, der Texte von seiner Festplatte rezitiert. Würde, ich habe auch meine Würde. Ich will, dass du meine Herkunft respektierst!" Antoiin sah ihn lange an. „Herkunft? Du meinst den Ort, von dem du kommst. Aber Abdul, du kannst dich nicht im Gespräch, in dem es um die Würde von Tieren geht, einfach auf den Punkt deiner Herkunft zurückziehen. Du rezitierst damit kulturelle Muster, und das ist für ein Gespräch, in dem zwei gleichwertige Partner ihre Meinungen austauschen, zwar möglich, aber wo liegt der Unterschied zwischen meinem Bezug auf das gesammelte Wissen in meinen Speichern und deinen Erinnerungen. Pardon, Abdul, aber ich muss dir sagen, ich sehe keinen."

Monsieur Chabrol hatte dem Gespräch aufmerksam zugehört und lachte still in sich hinein. Er fand es beeindruckend, wie Antoiin in der Auseinandersetzung mit Abdul, aber auch mit ihm und Madame immer mehr Konturen gewann. Er wurde mehr als sein lexikalisches Wissen.

Abdul dagegen machte es wütend, dass Antoiin bei all der Verschiedenheit ihrer Meinungen immer ruhig blieb. Er analysierte und synthetisierte bestehende Wissensfragmente zu neuen Wissenskomplexen, die genau in den Gesprächsraum passten, den er mit Abdul geschaffen hatte. Abdul hingegen verfing sich mit jedem Wort mehr in seinen Emotionen und es gelang ihm einfach nicht, sich aus dem Geflecht von Geschichten und Bildern zu lösen und sich über seine eigene Meinung zu heben. Wäre ihm das möglich, hätte er sicher schnell begriffen, dass die Frage über synthetisches oder biologisches Fleisch nur relevant war, weil er sie zu einer Frage seiner Identität erhob, die es zu verteidigen galt. Und das tat er, weil er in diesem Land, das nicht das seine war, immer mehr die Sorge hatte, dass er seine Herkunft verlor. Er hatte das Gefühl, als löse sie sich langsam auf. Und obwohl er sein Land verlassen hatte, um die vielen schmerzhaften Aspekte seiner Herkunft hinter sich zu lassen, machte ihm die Aussicht, gar keine Herkunft zu haben, Angst. Wie musste es Antoiin gehen, fragte er sich einmal. Der hatte keine Herkunft. Wie lebt es sich ganz ohne? Galt die Frage nach der Würde allen Lebens auch für Antoiin? War da überhaupt jemand in diesem Apparat?

*

Antoiin war der erste, der das Geräusch hörte. Er stand still in seinem Besenschrank und lauschte in die Nacht. Was war das? Er kannte die Geräusche, die das Haus und das Tal machten. Das Käuzchen in der Zypresse am Hang. Die Kaninchen. Eine Eule. Die schnuppernden Füchse, auf der Suche nach Essbarem. Der Bach, der unermüdlich dem Ziel entgegenfloss, das er selbst nicht kannte, aber mit dem er seit seiner Geburt verbunden war. Aber dieses Geräusch gehörte nicht dazu. Kam es aus der Garage? Und es hörte sich nicht freundlich an. Wie ein Schraubendreher, der über ein altes Auto kratzte, oder ein Stück Schrott, das über einen sandigen Platz gezogen wurde, oder ein Werkzeugkasten, gegen den jemand achtlos trat.
Antoiin zog seinen Stecker aus der Dose und öffnete vorsichtig die Tür der Kammer. Lautlos schlich er durch den Flur. Er kannte jedes

Zimmer im Haus, er sah im Dunklen. Das waren die besten Voraussetzungen, um … Ein fester Schlag traf ihn hart im Nacken.

„George, komm, ich hab den Hänfling! Die hat hier einen Stubenhocker im Haus, wa? Den haue ich ja mit einem Schlag um." Antoiin lag flach auf dem Boden. Der, der gesprochen hatte, rieb seine schmerzende Hand. Irgendwie war der Weichling härter als erwartet gewesen.

„Wenn das alles war, können wir jetzt anfangen, das Haus auszuräumen", sagte der andere, und sein Kumpan grunzte zustimmend. Sie waren zwei grobschlächtige Kerle. Beide hatten unordentliche Schnauzbärte und triefende Augen. Damit guckten sich zweifelnd sich im Haus um.

„Naja, 'n Palast ist das hier aber nicht. Aber wird schon was zu holen sein. Dass in diesem hundeelenden Tal kein Versailles steht, war klar." Er drehte sich um und … da stand Antoiin schon wieder kerzengerade vor ihm. Er erschrak. Aber nicht genug, um nicht mit der Faust auszuholen und erneut zuzuschlagen. Antoiin ging ein zweites Mal in dieser Nacht krachend zu Boden.

„Na, das ist ja ein wackeres Kerlchen. Aber der Schlag wird ihm den Rest gegeben haben." Sein Kumpan grunzte zustimmend. Dann machten sie sich dran, Kerzenhalter und Bilderrahmen vom Sims des Fensters in einen bauchigen Sack zu füllen.

Madame hatte etwas gehört. Sie öffnete vorsichtig die Tür ihrer Kammer. „Ist da jemand?"
Die Männer gaben sich still und rückten an die Wand. Madame stieg langsam die Treppe hinunter und schaltete das Licht an.
Als sie die letzte Stufe erreicht hatte, sprang einer der Männer um die Ecke und nahm sie bei den Schultern. Madame schrie.
„Grand-mère, nicht aufregen! Wir wollen nicht dich. Wir wollen nur dein Geld. Wo hast du es denn versteckt? Zwischen welchen Handtüchern? In welchen Postkartensammlungen? Oder in der Briefmarkensammlung des toten Monsieur?"

Madame war erschrocken. Und woher wusste dieser grobe Mann, dass sie immer etwas Bargeld im Haus aufbewahrte? Digital war schön und gut, aber was man bei sich im Haus hatte, das gehörte einem wirklich und nicht irgendeiner Bank im Äther. Sie räusperte sich nervös. Der andere Kerl kam um die Ecke und klatschte in die Hände. „Mach schon, Madamchen. Wir haben nicht ewig Zeit." Da regte sich Antoiin zu ihren Füßen wieder, doch mit einem Tritt drückte der andere seinen Kopf zurück auf den Boden. „Dass du mir ja nicht aufwachst, Söhnchen. Serge, kümmere dich um Mickerling hier." Serge grunzte zustimmend.

Madame blieb nichts anderes übrig, als den Einbrechern ihre Verstecke zu zeigen. Erst ging sie an die Anrichte aus Kirschholz, in der sie ihre Servietten akkurat aufgerollt lagerte. In jeder vierten Serviette steckten 500. Es waren etwa 40 Servietten. Der Einbrecher war zufrieden, aber nicht zufrieden genug. „Mehr, Madamchen. Du hast doch sicher noch ein paar Scheinchen hier irgendwo!" Sie standen in der Vorratskammer, da ertönte ein Geräusch aus dem Flur. Der Kumpane kämpfte mit Antoiin. Antoiin war allerdings zum Pflegen programmiert, nicht für Raufereien, und er machte eine ziemlich klägliche Figur. Schnell hatte der andere ihn wieder überwältigt und ein drittes Mal zu Boden geschlagen, hochgezogen und ihn an den Pfosten des Treppengeländers gebunden. Madame wollte zu ihm eilen, doch der andere Einbrecher hielt sie barsch zurück. Die Lage schien aussichtslos. „So, Madamchen, die Ernte geht weiter. So ein schönes Leben hast du gehabt. Ein schönes Haus. Einen schönen Garten. Einen süßen Sohnemann. So hübsch ist er. Jetzt gucken wir mal gemeinsam weiter, was noch so an Geldscheinchen in deinem Häuschen versteckt ist." Raum für Raum sammelten sie die Geldscheine ein.

Antoiin hing hilflos am Geländer und verstand die Situation nicht ganz. Er begriff nur, dass Madame in Gefahr war. Man hatte ihn nicht dafür programmiert, Gewalt auszuüben. Dafür gab es andere Androiden, die auf den Schlachtfeldern der Welt eingesetzt wurden. Er selbst wollte nur Gutes tun. Er wollte Leiden lindern, nicht Neues schaffen. Trotzdem erkannte er, dass er hier eingreifen musste, wenn er nicht wollte, dass Madame etwas Schlimmes geschah. Es gelang ihm, sich zu befreien, indem er mit den scharfen Kanten seiner Keramikzähne das Seil durchbiss. Er rappelte sich auf. Antoiin empfand zwar keine Schmerzen, doch eine große Bestürzung, die ihn lähmte. Er stellte sich so hoch und breit hin, wie es ihm möglich war, und sprach mit einer tiefen, vollen Stimme: „Hören Sie sofort auf! Lassen Sie Madame los!" Der eine der beiden Diebe drehte sich um, grunzte, ging ein paar Schritte auf ihn zu und schlug ihm voll ins Gesicht. Doch als er seine Faust wegnahm, blutete Antoiins Nase nicht, sie war einfach im Kopf verschwunden. Das erschreckte den Dieb so sehr, dass er aufschrie.

Monsieur Chabrol hatte unruhig geschlafen. In seinen Wachträumen lief er durch den Dschungel. Schnecken versuchten, seine Beine hochzukriechen, Mücken surrten ihm in den Ohren, Spinnen woben Netze in einer rasender Geschwindigkeit um ihn herum. Dann hörte er einen Schrei und fuhr hoch. Der war kein Traum. Er sprang auf, streifte sich den Bademantel über und ging zum Fenster. Drüben bei Madame war ein Flackern hinter den Fensterläden zu sehen. Was war da los? Monsieur war ein alter Mann, doch er hatte nicht ein bisschen von dem vergessen, was er bei der Legion gelernt hatte. Er war geräuschlos, entschlossen, immer einsatzbereit.
Als er in Pension gegangen war, hatte er alle Waffen abgegeben, außer eines Schnellfeuergewehrs der Baureihe G eines berühmten französischen Herstellers. Mit diesem in der Hand ging er durch den unnatürlich stillen Garten, öffnete die Pforte, trat über den Sandweg auf die Straße und durchquerte das Tal, um zu entdecken, dass unten, an der hohen Hecke, ein klappriger Peugeot geparkt war. Es waren mehr Leute im Haus als gewohnt. Er hörte fremde Stimmen von der Terrasse, und die klangen alles andere als gut.

„Verdammt, was ist das denn für ein Typ! Das ist doch kein Mensch. Merde, George, der ist doch nicht normal!" Ein Mann rang offensichtlich um Fassung. Dazu erklang eine andere Stimme: „Memme, stell dich nicht so an. Mein Gott! Hau' ihm noch eine rein. Vielleicht fallen ihm dann seine grässlichen Augen nach hinten weg." Man hörte ein Scheppern. Das war der Augenblick, in dem Monsieur eingreifen musste. Er zielte mit seinem Schnellfeuergewehr genau auf die Regenrinne aus Blech. Tschung, tschung, tschung, tschung, tschung ... Der Lärm war ohrenbetäubend. Laute Schreie kamen aus dem Wohnzimmer. Zwei dunkle Gestalten stürzten aus dem Haus und rannten zum Auto. Monsieur schoss ihnen eine Salve knapp über die Köpfe hinterher, und sie rannten noch schneller, stolperten, fielen hin, rappelten sich wieder auf, prallten gegen das Auto wie Bälle, rissen die Türen auf, sprangen in den Innenraum, blieben hängen, fielen zurück, schrien, versuchten, als sie endlich drin waren, wie verrückt den Wagen zu starten. Der rülpste, stotterte, sprang ein paar Sätze nach vorn, blieb dann wieder stehen. Monsieur schoss eine weitere Salve in die Luft. Als Antwort ließ der Auspuff einen Knall ertönen und der Wagen quietschte in die Dunkelheit.

Suzanne fährt vor

Sie tranken Tee. Bedächtig hob Madame die Tasse an den Mund. Selbst Antoiin tat so, als würde er trinken. Monsieur hatte das Gewehr neben sich gegen die Sessel gestellt. Er war wieder der Legionär, immer bereit, seine Truppe zu verteidigen. Gerade hatte er gezeigt, dass er mit dem Gewehr noch immer genauso gut umgehen konnte wie mit dem Puderquast. Er war zufrieden mit sich. Ein vielseitiger Mann. Madame lächelte ihm anerkennend, aber auch müde zu. Irgendetwas war mit ihr geschehen. Die Aufregung hatte die Knochen in ihrem Inneren durcheinandergeschüttelt und nun brauchte sie alle Kraft, um aufrecht zu sitzen und nicht auf der Stelle einzuschlafen. Mit leiser und liebevoller Stimme sagte sie: „Was für ein Glück ich hatte. Zwei Helden auf einmal!"
Antoiin sah mit seiner eingequetschten Nase etwas merkwürdig aus. Monsieur Chabrol hatte sie nur notdürftig wieder aus dem Kopf gezogen und sie hatte nicht ganz ihre aristokratische Länge zurückerlangt.
Was sollte man nach einem solchen Schreck Besseres tun, als Tee zu trinken. Sie genossen es, im stillen Salon zu sitzen, umgeben von alten Möbeln und Gesichtern der Familie, die sie anerkennend aus ihren Bilderrahmen ansahen. Miteinander fühlten sie sich stark. Und das waren sie auch. Das einzige Problem war, dass Antoiins Meldesystem automatisch einen Notfall nach Paris gesendet hatte, als dieser mehrfach den Boden unter den Füßen verloren hatte. Das war allerdings nicht die Art von Information, die er nach außen dringen lassen wollte, und er wartete auf eine Reaktion, und in diesem Augenblick klingelte auch schon das Telefon.

„Maman, Maman, was ist geschehen?", fragte Suzanne aufgeregt. Madame versuchte, so gefasst wie möglich zu klingen, doch wenn sie ehrlich war, hatte sie der Vorfall sehr mitgenommen. Der Schreck saß ihr in den Gliedern und sie fühlte sich wackelig und verletzlich. „Ach Suzanne, stelle dir vor: Hier wurde eingebrochen. Sie wollten das ganze Geld."

Das war das Stichwort, das Suzanne aufhören ließ. „Aber das Geld, haben sie wirklich … Maman geht es dir gut, bist du unverletzt?"

„Sie haben nur ein einige Tausend."

„Was, einige Tausend? Bist du wahnsinnig, so viel Geld im Haus zu haben! Maman, das ist unverantwortlich!" Madame machte Schlürfgeräusche mit dem Rest Tee, den sie im Mund hatte: „Su. Mm. An – die Verbindung", und beendete so das Gespräch. „Meine Tochter", sagte sie nur und schüttelte den Kopf.

Antoiin wusste, dass er besser aufpassen musste. Dabei konnte er sehen, dass Madames körperlicher Zustand extrem schwankte. An manchen Tagen, war sie klar und zupackend, an anderen schien sie verwirrt und konnte ihren Alltag nur schlecht allein organisieren. Dann wich er keinen Augenblick von ihrer Seite. Sie machte dann merkwürdige Sachen, zum Beispiel die Kaffeemaschine ohne Wasser und Kaffee anstellen, das Geschirr in die Waschmaschine tun oder Triebe von den Hecken im Garten schneiden, um Salat daraus zu machen. Merkwürdige Dinge halt. Wenn er sie hier im Tal halten wollte, musste etwas geschehen, das sie vor dem Blick aus Paris schützte und dafür sorgte, dass sie nicht in einem Krankentransport ins Orion kam.

Deshalb definierten Abdul und Antoiin unter der Anleitung von Monsieur Chabrol Ziele. Der Legionär ging dabei streng wie bei einer Mission der Truppe vor. Das wichtigste Ziel war: Madame sollte an dem Ort bleiben, den sie liebte, und das so lange, wie sie wollte. Dazu musste als zweites Ziel ihre Tochter den Eindruck bekommen, dass sie vital war und so gesund, dass sie mit der Hilfe von Antoiin allein leben konnte. Das Problem war, dass es Madame in Wahrheit durchaus immer schlechter ging. Sie baute mit jedem Tag mehr ab. Sie klagte öfter über leichte Übelkeit, Schwindel und wusste manchmal nicht mehr genau, wo sie war oder warum. Antoiin erklärte es ihr dann geduldig und trug sie immer öfter auch kleine Strecken durch das Haus und den Garten. Er war auf Demenzerkrankungen eingestellt. Er wusste, der Erzählstrang der betroffenen Person durfte nicht reißen. Das hieß für ihn, er musste Erinnerungen, Gefühle und Bilder, die begannen, allein und ohne Halt durch Madames Geist zu schweben, zusammenbringen und mit Erzählfäden verbinden. Damit übernahm er das Weben von Sinn, der ihr langsam, aber sicher verloren ging.

Mehrmals am Tag aktivierte er positive Erinnerungen an ihr Leben. Dazu gehörten ihre Kinder, an die sie in der letzten Zeit immer mehr dachte. Deshalb freute sie sich darüber, dass ihre Tochter zu Besuch kam. An die Irritationen, die es seit der Testamentseröffnung gegeben hatte, erinnerte sie sich nicht mehr im Detail. Deshalb war ein weiteres Ziel der drei Freunde, auch auf die Kinder und deren Tun und Lassen ein Auge zu haben. Am Vormittag des Besuchs, Suzanne hatte sich zum Nachmittag angekündigt, bereiteten sie alles vor. Madame wurde von Antoiin massiert, von Abdul an die frische Luft gebracht, indem er sie auf dem Fahrrad einmal das Tal entlangfuhr, und am Ende von Monsieur Chabrol geschminkt. Alle standen um sie herum am Schminktisch und waren erstaunt über das Können des alten Generals, der so flinke Hände hatte, als hätte er in einem Vorleben die Sixtinische Kapelle ausgemalt. Madame beteiligte sich an allem mit einem amüsierten Lächeln. Sie überließ sich der Fürsorge ihrer Freunde und schien diese sichtlich zu genießen.

*

Suzanne fuhr mit einem Sportwagen vor. Sie hatte mit ihrem Mann abgesprochen, dass sie ein Auto für die Familienfahrten und ein weiteres für Vergnügungsfahrten brauchte. Zwar waren die Stellplätze in Paris so teuer wie in anderen Orten Zweizimmerwohnungen, doch was sein musste, musste sein – und Suzanne wusste immer genau, was sein musste.

Ihr Porsche durchstach das Grün des Tales wie ein rot lackierter Pflug. Monsieur Chabrol konnte den Wagen schon aus der Ferne mit seinem Armeefernglas sehen und warnte die Freunde: „Sie kommt, sie kommt! Alle auf Position."

Position hieß: Madame saß am Tisch, vor ihr eine Tasse Kaffee und ein Kissen im Rücken. Antoiin würde neben ihr sitzen, so dass er ihr, falls sie einmal verwirrt war, helfen konnte, den Faden wiederaufzunehmen, der sich im Raum ihres Bewusstseins gelöst hatte. Abdul würde bereitstehen, um abzulenken. Er sollte Geschichten aus dem Tal oder aus irgendeiner nur ihm bekannten Galaxie erzählen. Monsieur Chabrol konzertierte das ganze Geschehen. Und Suzanne brachte eine Schwäche mit, die sie nutzen wollten: Sie hatte nie Zeit. In nur 25 Minuten wollte sie die Situation eruiert haben und die notwendigen Schritte einleiten. Das hieß, Mutter überzeugen, Umzugsdatum festlegen.

Vorher musste sie den Roboter ausschalten. Sie war stutzig geworden, als der ihr die immer gleichen guten Nachrichten über ihre Mutter sandte. Sie passten nicht zu ihrem Alter, und ganz bestimmt passten sie nicht zu Suzannes eigenen Plänen. Sie wollte die Kontrolle über die Konten. Sie brauchte das Geld. Sie würde ihren Brüdern deren Teil abgeben, aber die Schussel waren ohnehin zu sehr mit ihrem eigenen Chaos beschäftigt, als dass sie mitbekommen würden, wie sie die Konten unter ihrem Namen zusammenführte. Dabei würden einige Hunderttausend verloren gehen. Ups. Hatte sie ein schlechtes Gewissen? Nicht wirklich. Ressourcen sollten dort hingeleitet werden, wo sie gebraucht wurden. Das sagte sie auch immer ihren Kunden, die bei ihr Aktienfonds kauften: Leiten Sie Ihr Geld dahin, wo es gebraucht wird und wachsen kann. In diesem Tal, da würde sicher nichts mehr wachsen.

Suzanne hatte durchaus Gefühle – sie wusste nur sehr gut, wie sie sie managen musste, so dass sie ihr nicht im Wege standen. Ihre Mutter hatte viel für sie getan, und sie war ihr dankbar, blabla, aber der Weg sollte zum Ziel führen, und dieses Ziel hatte sie klar definiert. Ihre Maman musste so schnell wie möglich aus dem Tal heraus. Suzanne sah sich nervös um: Dieses Kleinklein, dieser spießige Garten, diese merkwürdigen Leute, der Alte aus der Armee und der Muslim und dann ihre Mutter, die wie eine Puppe aus Madame Tussaud am Tisch saß und so tat, als lebte sie noch. Aber sie musste sich zügeln, maßregelte Suzanne sich selbst. Sie durfte das Ziel nicht aus dem Blick verlieren, durfte keine Hindernisse aufbauen mit aufbrausendem Verhalten und wirren Gefühlen, das wusste sie von ihren Kundengesprächen. Nichts verabscheute sie mehr als Hindernisse. Und noch mehr, wenn sie sich selbst ein wurde. Sie würde alles richtig machen, wie immer. Das hatte sie früh gelernt und war darin immer besser geworden, bis zur Perfektion. Sie hatte früh empfunden, dass ihre Mutter mit ihr allein schon ein bisschen überfordert war, aber mit drei Gören bestimmt die Kontrolle verlieren würde. Diese Kontrolle übernahm Suzanne gern, und ihr Vater dankte es ihr mit einem stummen Nicken der Anerkennung. Suzanne kontrolliert alles, was ihre kleinen Brüder taten, und entriss sie so dem Einfluss ihrer Mutter, die sich ihren Tagträumen hingab: die Spielsachen in die Kiste, die Freunde nur außerhalb des Hauses, die Hobbies nicht zu laut. Alles dachte sie voraus und achtete darauf, dass die Jungen ihren Plänen folgten. Die fanden diese Form der Fürsorge erst unerträglich und versuchten, der großen Schwester, wo es ging, zu entfliehen, aber bald wurde es ihnen angenehm. Da war jemand, der ihnen die Wege vorgab, auf denen sie gehen sollten, und selbst wenn sie stolpern sollten, konnten sie sich an den klar definierten Banden aufrichten. In gewisser Weise glich Suzanne in ihrem Vorgehen ihrem Vater. Er herrschte über Zahlen und Tabellen, sie sortierte das Verhalten ihrer Brüder in klare Schubladen. Das Ziel war zwar Ruhe und auch Ordnung, aber nur, um dann noch mehr vom Gleichen zu tun: noch mehr zählen, ordnen, kontrollieren. Diese Lieblingsbeschäftigung würde ihr später im Finanzwesen zu großem Erfolg verhelfen.

Einen Augenblick freute sie sich aber doch über dieses wohlkomponierte Bild: Drei freundlich dreinblickende Menschen, die sich um eine Kaffeetisch versammelt hatten, und ein Roboter. Ein diszipliniertes Arrangement wie Moillon es nicht besser hätte arrangieren können. Sie lächelte, aber erinnerte sich schnell wieder an ihr Ziel und ließ die Mundwinkel sinken. Madame dagegen lächelte ihre Tochter an und ließ sich von ihr auf beide Wangen küssen. „Maman, du siehst schick aus. Du hast echt Stil. Der Rob tut dir gut." Abdul sah Antoiin etwas betreten an, aber der lächelte nur. „Hat der ein Schminkprogramm?" Madame lächelte: „Nein, Monsieur Chabrol hat mir geholfen." Suzanne sah den alten General, den sie nur flüchtig kannte, erstaunt an. „Sie können so was?" Nun wirkte dieser sichtlich verlegen. „Camouflage, Sie wissen doch. Man muss sich verstecken. Sein wie Blatt, Baum und Strauch." Sie sah ihn noch ein bisschen erstaunter an. „Seit wann tragen Bäume Lippenstift? Monsieur, Sie sprechen in Rätseln. Aber gut", sie wandte sich wieder ihrer Mutter zu, „wie geht es dir?" Etwas zu lange überlegte Madame für den Geschmack von Antoiin, Abdul und Monsieur Chabrol, dann aber sagte sie: „Ich war am Meer, Suzanne, stell dir vor!"

„Wo warst du? Aber davon weiß ich ja gar nichts", antwortete Suzanne empört. „Hast du daher diesen Teint?" Madame lächelte. „Es war großartig. Antoiin ist gefahren. Die Polizei hat mich begleitet. Das Meer begrüßte mich. Weißt du, so als wollte es mir etwas erzählen, was es lange zurückgehalten hat." Suzanne starrte ihre Mutter an und fragte dann: „Und das war was?"

„Ich weiß es nicht genau, aber es war mir vertraut. Es schien mich an etwas erinnern zu wollen. Etwas Wichtiges." Ihre Stimme war nun leise und kaum zu verstehen. Abdul versuchte, die Situation zu retten, indem er sagte: „Ich habe so etwas schon einmal in einem Film gesehen." Monsieur Chabrol sah ihn anerkennend an, und fragte sich doch, was da jetzt kommen würde. „Also, da war es so. Eine Frau, die in einem Raumschiff auf dem Weg in eine extraterrestrische Kolonie war …" Suzanne sah ihn fragend an. Abdul räusperte sich und ein wenig verunsichert fuhr er fort: „Diese Frau, äh, die hatte eine außergewöhnliche Fähigkeit."

„Ach ja?", fragte Suzanne, was sie mit einem Gesichtsausdruck unterstrich, als spräche sie mit jemandem, den sie nicht ernstnehmen wollte. Das half Abdul nicht, den Erzählfaden fest in den Händen zu behalten, doch es half, die Aufmerksamkeit Suzannes von Madame abzulenken. Die saß zufrieden am Tisch und hörte Abdul aufmerksam zu, wobei sie ihm aufmunternd zunickte. Das wiederum ermutigte Abdul und er fuhr fort: „Diese Frau konnte sich mental auf andere Ebenen von Existenz bewegen."

„Aha", machte Suzanne. „Ja, wissen Sie … Am Ende ist alles Schwingung. Alles, wirklich alles, auch der gröbste Scheiß löst sich letztendlich in Schwingungen auf. Und was soll man da erst von Gedanken oder Gefühlen sagen? Die sind ja an sich schon leicht und manchmal schwer zu fassen. Obwohl sie einen schon ganz schön im Griff haben können. Ist doch erstaunlich, wie manchmal Sachen, die schon ganz lange her sind, einen noch so beschäftigen. Kennen Sie den Unterschied zwischen der chronologischen und der herzlichen Zeit?" Suzanne schüttelte verwirrt den Kopf. „Also, die chronologische Zeit ist die, nach der wir leben. Die ist letztendlich von Menschen gemacht, und wir alle versuchen, ihr hinterherzuhetzen. Aber wir erreichen sie nie. Sie müssen das als Pariserin im Finanzzentrum sehr gut kennen, oder?" Suzanne nickte. Er hatte sie in den Bann dieser abstrusen Geschichte gezogen. Das lag nicht so sehr daran, dass sich Suzanne für mentale Dinge interessierte. Sie waren ihr egal. Nein, es war die Unordnung, die sie reizte. Wie konnte jemand so durcheinander sein, fragte sie sich fasziniert, und begann, die verschiedenen Elemente der Erzählung auseinanderzunehmen und zu ordnen. Ihr offensichtlich wachsendes Interesse motivierte Abdul, und er erzählte offenherzig alles, was er über die verschiedenen Formen der Zeit wusste. Er verband sie dann mit der These, dass manche

Menschen Möglichkeiten hatten, die mentalen Ebenen von anderen Menschen, aber auch Tieren und Orten, zu besuchen. Suzanne begann nach etwa fünf Minuten, das Gespräch zu übernehmen, in dem sie Nachfragen stellte. Der Inhalt interessierte sie kein Stück, dafür die Konsistenz und Logik der Geschichte, und sie half Abdul, diese sehr klar und sequenziell richtig zu erzählen, während sie ihre Mutter dabei komplett vergaß. Die anderen am Tisch, Antoiin, Madame und Monsieur Chabrol, saßen nur noch dabei und lauschten dem zwar immer logischer werdenden, dafür nicht weniger seltsamen Gespräch.

„Oh mein Gott, ich muss los!" Erschrocken sah Suzanne auf ihre Uhr. „Das ist die chronologische Zeit", griff Abdul nochmal nach. „Ja, gut", murmelte Suzanne zerstreut. Maman", sie wandte sich mit einem Ruck an ihre Mutter. Die lächelte ihr über die Kaffeetafel zu. Suzanne stotterte. „Maman, ich weiß nicht, wie es weitergehen soll …"

„Aber Suzanne, wir wissen es", sagte Monsieur Chabrol leise, aber selbstbewusst. Madame lächelte. Abdul lächelte. Antoiin lächelte. Da blieb Suzanne nichts anderes übrig, als auch ein wenig, ein ganz klein wenig zu lächeln.

Als der Porsche nicht mehr zu sehen war, sagte Madame leise: „Antoiin, ich bin müde. Entschuldigt mich bitte. Danke für das schöne Kaffeetrinken. Bring du mich bitte nach oben." Und Antoiin hob sie auf seinen Arm und trug sie hinauf in ihre Kammer.

Spazierengehen

Suzanne war nun doppelt wachsam. Ihr Besuch hatte zwar nicht zum eigentlichen Ziel geführt, doch jeder Hinweis auf einen körperlichen oder geistigen Verfall ihrer Mutter würde das tun.

Und so musste der Unterschied zwischen den Daten, die Antoiin nach Paris sandte, und der Wirklichkeit von Tag zu Tag größer werden. Madame baute körperlich immer weiter ab. Doch ihre Freunde blieben bei ihrem Ziel: Sie in ihrem eigenen Haus in ihrem Tal zu belassen. Selbst als klar wurde, dass Madame so stark abbaute, dass sich das Blut aus den Außenregionen ihres Körpers langsam in sie zurückzog. Sie fröstelte oft und Antoiin brachte ihr eine Heizdecke im Juni, massierte ihre tauben Füße und deckte sie nachts doppelt zu. Sie schaffte es nun auch nicht mehr allein die Treppe hinunter. Noch vor ein paar Wochen hatte er sie nur heraufgetragen, nun auch herunter. Aber sie wollte jeden Tag nach unten. Sie wollte teilhaben am Leben: kein Tag ohne Kaffeetrinken mit Abdul, Monsieur Chabrol und Antoiin. Sie erzählte viel, Dinge, die an schwächeren Tagen vielleicht nicht immer zusammenpassten, aber die gesagt werden wollten, und gut für ihr Herz und die Herzen ihrer Freunde waren. Zum Beispiel, wie sich ihr langes Haar im Wind angefühlt hatte, als sie das erste Mal auf einem Pferd ausgeritten war. Wie warm die Lippen des Jungen waren bei ihrem ersten Kuss. Wie sich die Geburt von Suzanne angefühlt hatte, und der Moment, als sie das erste Mal nachts allein im Garten gestanden und die Sterne betrachtet hatte und sich so sicher war, dass sie zu ihr sprachen.

Sie sprach jetzt viel über Sterne, den Himmel, die Geheimnisse, die er barg, seine Weite, die unermesslich war, und wie sehr sie sich nach dieser Unendlichkeit sehnte. Abdul lauschte ihr fasziniert. Und nicht nur er. Alle drei hörten aufmerksam zu und legten ihr Wissen über das Universum nebeneinander, und wenn dieses nicht reichte, projizierte Antoiin Bilder gegen die weiß gekalkten Wände. Bilder vom Andromeda-Nebel. Die ersten Bilder von einem schwarzen Loch, von Spiralnebeln und Pulsaren.

Trotz der Weite, in die ihre Gedanken vordrangen, wurde es in Madames Brust immer enger. Es fiel ihr immer schwerer zu atmen, sie wollte zu viel tun für die Luft, die ihr zur Verfügung stand. Sie hatte auf einmal so viele Ideen, besonders für Spaziergänge, die sie gern machen wollte. Noch einmal zum Haselnussstrauch, den Erlenhain am Bach, die Wiese mit den tausend Gänseblümchen. Die Drei machten jeden Wunsch möglich. Dafür setzten sie sie in einen Rollstuhl, den Antoiin und Monsieur Chabrol zusammen aus Materialien aus der Garage gebaut hatten.

Und diese Spaziergänge hatten noch ein weiteres Ziel: Zusammensein und erzählen, bevor es zu spät war. Es war nicht nur Madame, die sprach. Alle erzählten aus ihrem Leben und sie hörte aufmerksam zu und war erstaunt, was sie alles von ihren Freunden erfuhr. Besonders Monsieur Chabrol öffnete sich ihr in einer Weise, die sie lange nicht für möglich gehalten hatte. Er sprach davon, wie er in einem unordentlichen Haushalt in Warschau aufgewachsen war, dass seine Mutter mit den sechs Kindern überfordert war, der Vater soff wie ein Loch. Man sagte über ihn, dass er Alkohol aus der Entfernung von fünfzig Kilometern riechen und ausfindig machen konnte. Hätte ihn die Familie nicht zusammengehalten, er wäre verdunstet wie Desinfektionsmittel. Leider tat er das, zum großen Bedauern seines Sohnes, nicht.

Der hatte schon früh versucht, dem Durcheinander Herr zu werden. Er tat das nicht wie etwa Suzanne, aus einem Bedürfnis nach Ordnung und Kontrolle, vielmehr wollte er seine Geschwister lächeln sehen. Er ertrug es nicht, wie sie Tag für Tag in den Bergen von

Schmutzwäsche untergingen. Er wollte, dass sie ihren Weg zur Wohnungstür fanden, ohne über den Unrat der letzten Tage zu stolpern. Er wollte, dass sie gut rochen, wenn sie in der Schule neben ihren Klassenkameraden saßen, und er wollte, das war das Wichtigste, dass sie in die Schule gingen, und zwar regelmäßig. Und für all das sorgte er. Unablässig räumte er auf. Er sammelte leere Flaschen hinter seinem Vater ein. Er entsorgte Taschentücher, die seine Mutter überall liegenließ. Er sammelte die Kritzeleien seiner jüngeren Geschwister auf den Kartons der Flaschen. Dabei vernachlässigte er zwar die eigenen Schularbeiten, aber nie sich selbst. Er achtete peinlichst auf seine persönliche Hygiene. Wenn es nicht schädlich gewesen wäre, er hätte selbst Wodka getrunken, um sich von innen zu identifizieren, um diesen Dreck in sich loszuwerden. Er hoffte inbrünstig, dass in ihm nichts von seiner Familie steckte, dass er ein anderes Leben würde führen können.

Er hatte keine besondere Liebe für Waffen oder Gehorsam oder gar den Krieg gehabt. Aber ihm gefiel an der Fremdenlegion, dass dort alles in Ordnung und sauber war. Dass klar war, wer oben und wer unten stand, wie der Tag begann und endete.

Als seine Geschwister von der Fürsorge auf staatliche Internate gesandt wurden, als sein Vater von einer Entzugsklinik nicht mehr wiederkam und seine Mutter sich selbst in Absence geweint hatte, in der er sie nicht mehr erreichen konnte, meldete er sich bei der Legion und wechselte beim Eintritt seinen Namen.

Es ging alles so schnell, dass er seinen Geschwistern erst aus dem ersten Einsatz in Afrika eine Nachricht schickte. Sie waren erstaunt, nicht über das, was er jetzt machte, sondern darüber, dass er eine andere Idee vom Leben hatte als sie.

Madame hörte ihm aufmerksam zu und verstand: Er war ein Geflüchteter wie sie. Er hatte die Legion als Fluchtpunkt genutzt, und sie die Ehe. Sie hatte damals nur nicht geahnt, dass der Fluchtpunkt nur ein neues Gefängnis für sie werden würde. Sie seufzte. Es war nicht einer dieser schweren Seufzer, vielmehr ein Seufzer der Anerkennung. Sie erkannte an, wie ihr Leben eben war. Monsieur seufzte nur einige Sekunden nach ihr. Er schien ein großes Gewicht auszuatmen, den grauen Bleinebel der Erinnerung. Seine Schritte wurden zusehends leichter und bekamen etwas Tänzelndes.

Antoiin lauschte allen unbeteiligt. Es war nicht seine Aufgabe, die Geschichten der Menschen zu bewerten, doch er verglich sie mit Mustern, die man ihm auf seine Festplatte mitgegeben hatte. Er erkannte in ihnen alte Menschheitsgeschichten wieder und konnte hier und da einen berühmten Charakter aus einem Schauspiel der Antike oder einem Roman der Romantik in Verbindung bringen. Obwohl er Ähnlichkeiten fand, erkannte er aber auch, wie reich die Möglichkeiten waren, in denen sich ein menschliches Leben entwickelte.

Als dann auch Abdul zu erzählen begann, spürte Antoiin eine leichte Wehmut. Er nahm die Abwesenheit einer eigenen Geschichte jetzt schmerzlich war und wünschte, auch ein solches Gewebe von Bildern, Gefühlen und Erzählungen zu haben, auf dem er sich ausruhen konnte.

Abdul spricht

Abdul, der eigentlich immer gern sprach, war erstaunlich schweigsam bei den Spaziergängen auf sechs Beinen und vier Rädern. Er konnte immer gut von weit entfernten Sternen im Kosmos erzählen. Er kannte auch jede Science-Fiction-Geschichte der Welt. Kein Charakter war ihm dafür zu extraterrestrisch, keine Handlung zu verworren. Doch wenn es an seine eigene Geschichte ging, schien es ihm, als säße er wieder in diesem Boot. Viel zu klein für so viele Menschen. Und Wellen, die auf- und absprangen, als wären sie Hände eines Seeungeheuers, das ihn über die Reling ziehen wollte ins salzige Wasser, das ihm den Atem nehmen und in das er hinabsinken würde wie ein Stein, ein weiterer Stein aus der Sahara, ertränkt im Mittelmeer. Doch diese Spaziergänge hatten eine eigene Kraft. Sie genossen sie alle vier und waren jeden Tag aufs Neue gespannt, welche Geschichten die Anderen deutlicher, wärmer werden lassen würden. Anfangs gingen sie oft still nebeneinander her. Es war keine peinliche Stille, die man loswerden wollte, sie war vielmehr sanft und einladend. Hier bin ich, füll' mich mit deinen Worten, schien sie zu flüstern. Füll' mich mit den Fäden deiner Geschichte. Web mit mir einen Stoff, der mir hilft, die Gegenwart mit der Vergangenheit und die Vergangenheit mit der Zukunft zu verbinden.
Abdul hörte diese Einladung. Sie war ihm zuerst unheimlich gewesen. Ihr zu folgen hätte bedeutet, dass er sich mit seiner Geschichte sichtbar, und damit verletzbar, machte. Wollte er das? Mit keinen Menschen hatte er sich bisher so wohl gefühlt wie mit diesen dreien. Antoiin zählte er wie selbstverständlich dazu. Seit er seine Schaumstoffhaut übergezogen bekommen hatte und das erste Wort über

seine Lippen gekommen war, war er für Abdul ein Mensch. Er wusste, was es hieß, sich eine neue Haut überzuziehen. Er hatte das schon viele Male in seinem Leben getan. Er erinnerte sich an das erste Mal. Er war auf dem Weg in die Madrasa. Dieser Weg an sich war schon ein heiliger Gang, nicht nur das, was sie in der Schule erwartet hatte, wo der Imam alle Blumen des Islams würde aufblühen lassen. Er ging mit seinem besten Freund Ahmed die Straße entlang. Die tunesische Wüste war ein gelbes Blatt Papier, auf dem die spitzen Steine Schattenwörter schrieben. Er mochte es, wenn diese Wörter am Nachmittag immer länger wurden. Er versuchte, die Schrift zu lesen, zu verstehen, was der Himmel ihm sagen wollte. Immer schon hatte er das Gefühl gehabt, dass die Dinge um ihn herum mit ihm sprachen. Der Schrank im Kinderzimmer. Das wulstige Sofa. Der Sand.

„Wen liebst du mehr?", fragte ihn Ahmed, der ein eifriger Koranschüler war, „Allah oder deine Mutter?" Das war eine wirklich dumme Frage, fand Abdul. Gleichwohl war es auch eine sehr gefährliche Frage, und er nahm sich Zeit für die Antwort. „Ahmed", begann er mit seiner verhängnisvollen Antwort, „es sind zwei verschiedene Formen der Liebe. Die eine ist die Liebe zu Gott, die andere die zu meiner Mutter. Meine Mutter hat mich in ihrem Körper getragen, sie hat mich gestillt, sie hat mich gewickelt, mir Salbe auf die Wunden gestrichen. Ich liebe sie für all das und dafür, dass sie mich liebt, wie ich bin. Ich muss nichts für ihre Liebe tun. Gott hat mir diese Welt gegeben. Er hat mir diese Stimme gegeben, damit ich ihn anbeten kann, er gab mir einen Geist, sodass ich an ihn glauben kann. Er gab mir diesen Körper, sodass ich mich fünfmal am Tag vor ihm verbeuge. Ich liebe ihn, weil es ohne ihn keine Welt gäbe, aber seine Liebe verlangt viel von mir. Ich muss die Suren lernen. Meine Stirn ist schon verschorft von all dem Beten. Er hat uns alle aus dem Paradies geworfen, damit wir es täglich neu schaffen müssen. Du weißt selbst, wie unmöglich das ist in dieser Welt. Ich liebe beide. Meine

Mutter, weil sie mich liebt, wie ich bin. Meinen Gott, weil ich ihn fürchte und ohne ihn keine Hoffnung auf das Paradies haben kann." Sein Freund sah ihn sprachlos an. Er sagte gar nichts. Nicht, dass er es verwerflich fand, was Abdul ihm auf seine Frage geantwortet hat, er hatte es einfach nicht verstanden. Sie schwiegen den ganzen Weg bis zur Madrasa. Abdul stülpte sich von diesem Augenblick eine neue Haut über. Er nahm sich vor, in Zukunft nur noch unverfängliche Antworten zu geben. Antworten, die ihn nicht vor anderen fremd machen würden.

Doch dieser verhängnisvolle Vorfall war nur der Start von vielen neuen Häuten, die er sich überstülpen musste, bis zu der einen, der größten, nachdem er sein Heimatland abgestreift hatte und nach Frankreich floh.

Als der Spaziergang und die Stille ihn nun einlud, zu erzählen, war er verwirrt, und er war ängstlich. Konnte er hier reden, ohne Angst zu haben? Ohne in der Gefahr zu schweben, verkannt zu werden, abgelehnt und ausgegrenzt? Lieber hätte er über die Enterprise gesprochen, über Spock, über Captain Kirk und die Vulkanier. Das waren ihm vertraute Wesen, fremde Freunde, die ausdrücken konnten, was ihm wichtig war. Aber die Einladung der Freunde, die geduldige Stille war so stark, dass er ihrem Sog nicht mehr widerstand. Er begann zu sprechen: „Als ich das erste Fahrrad von der Post bekam, dachte ich, ich werde verrückt vor Freude. Es war einfach wunderschön. So gelb. Und das Gelb stieß sich vom dunklen Himmel ab, als wolle es sagen: Ich bin aus Licht gemacht. Allerdings konnte ich kein Fahrrad fahren. Die Alternative wäre ein kleines Elektroauto gewesen, aber ich konnte auch nicht Auto fahren. Dann erschien es mir weniger gefährlich, mich mit dem Rad fortzubewegen. Mein gelbes Rad kam mir vor wie ein wildes Pferd. Und ein Job, ein echter Job, mit dem man sich das Leben verdiente. Das war mein größter Traum gewesen. Frei sein in einem freien Land. Aber ohne Geld keine Freiheit. Wie naiv von mir zu glauben, dass das hier anders sei. Aber ich habe mir Frankreich immer nur im Kontrast zu seinem eigenen Land vorgestellt. Alles, was bei uns so war, war dort eben anders. Und anders hieß für mich besser. Wie viele tausend Nuancen dieses Besser hatte, darüber habe ich nicht nachgedacht. Du konntest frei sein, aber eben nur unter der Bedingung, dass du dir diese Freiheit leisten kannst. Sonst würden sie dich an eine Leine von Behördenterminen nehmen, von der du im ganzen Leben nicht mehr loskommst.

Als mir dieser Job angeboten wurde, mir, dem Schmächtigsten, dem Ungebildetsten, dem Wirrsten im Sechserzimmer, murrten meine Kollegen im Wohnheim. Sie waren alle studiert. Sie hatten vorher in sauberen Büros gesessen. Sie hatten Autos gehabt und Häuser. Wäre das Regime nicht so hungrig auf ihre Freiheit gewesen, dann wären sie sicher geblieben. Aber für mich war es okay. Ich hatte es nie bis zur Uni geschafft. Ich glaube nicht, dass ich zu dumm war. Es war nur so, dass mir immer die richtigen Sachen zur falschen Zeit herausrutschten oder die falschen zur richtigen Zeit. Das war nicht etwa nur bei sensiblen Terminen mit Behörden und so weiter der Fall, ich fragte auch die falschen Fragen im Laden. Zum Beispiel nach der Farbe der Äpfel, ob sie Frische verhieß oder Fäulnis. Die Verkäuferin sagte gar nichts und weigerte sich, mich zu bedienen. Ich machte dem Busfahrer Vorschläge, wie er die Schlaglöcher besser umgehen konnte, und dem Polizisten, wie er die Horde von Verrückten vertreiben konnte, die aus den Wüsten in die Städte drängten, um eine neue Weltordnung zu errichten. Was immer ich auch sagte, was immer ich auch dachte, es war oft das Falsche. Ich spreche hier nicht von der Geheimpolizei, nicht von dem Stuhl, an den ich gebunden wurde, nicht an die Prügel und nicht …", er verstummte, setzte dann leiser, aber bestimmt wieder an: „Ich entschied, nach vielen Wortgefechten und Missverständnissen, dass ich mir ein neues Terrain für meine Gedanken suchen musste. Und das fand ich in der Science-Fiction. Ich meine, wie wunderbar ist das denn: Bücherwände voll erfundener Welten. Auch das Netz ist voll von Parallelwelten. In die zog ich mich zurück und als das nicht mehr funktionierte, wollte ich raus aus diesem kleinen, weiten Land, das durch durchsichtige Wände abgeschottet war, gegen die man ein Leben lang anlaufen konnte. Ich wollte das nicht. Ich wollte gehen, immer weitergehen über alles hinweggehen. Und dann, Monate später, stand da dieses Fahrrad, und ich dachte, damit werde ich durch die Welt fahren. Ich werde endlich erkennen, wo ich aufhöre und wo die Freiheit anfängt. Was für ein Glücksgefühl, mit ihm durch die regennassen Täler dieses Landes zu fahren. Unbeschreiblich, welche Wörter gäbe es dafür?

Ich war Mitte dreißig und allein in einem fremden Land, und doch der glücklichste Mann der Welt. Und dann, eines Nachmittags brachte ich eine Lieferung zu Monsieur Claude, dem Mann von Madame. Das Paket war auf der Seite eingerissen. Ich weiß nicht mehr genau, wie das passiert war. Es war mir furchtbar unangenehm, gerade weil dieser Herr bekannt dafür war, dass er jede Lieferung, die einen noch so kleinen Riss hatte, zurückgehen ließ. Das durfte mir auf keinen Fall passieren. Die Post hatte jahrelang die Lieferungen mit zentral gesteuerten Drohnen zugestellt und setzte jetzt wieder auf Menschen. Sie hatte es satt, dass die Drohnen von gesteuerten Wurfgeschossen vom Himmel geholt wurden. Der Schaden war in jedem Jahr immens. Menschen erschienen ihnen nach großen Verlusten wie das kleinere Risiko. Ich meine, was können Postboten schon Schlimmes tun. Besoffen zum Dienst kommend das Fahrrad in den Straßengraben fahren. Das ist doch gar nichts verglichen mit Hunderten von teuren autonomen Fluggeräten, die von organisierten Banden aus den Wolken geholt wurden. Die Waren fand man später auf irgendwelchen Tausch- und Verkaufsplattformen im Internet. Kurz, ich wollte nicht der Grund sein, diese überaus richtige Entscheidung, auf Menschen zu setzen, zu gefährden.

Aufgeregt näherte ich mich deshalb dem Haus der Claudes. Schon hatte ich mir einige Sätze bereitgelegt, von Ersatz, Versicherung und so weiter, doch mir öffnete nicht der berüchtigte Monsieur. Es war Madame, die mir die Tür aufhielt, um das schwere Paket in den

Korridor zu bringen. Dann bot sie mir einen Tee an. Einen Tee! Das erste Mal in meiner Laufbahn als Postbote bot mir jemand einen Tee an. Ich nahm an. Sie holte ein wenig Gebäck aus dem Schrank und erzählte, dass ihr Mann krank sei und im Krankenhaus lag. Ich glaube, dass ich etwas über eine Stunde bei ihr blieb und dann hastig die letzten Pakete verteilte. Aber seit diesem Gespräch habe ich Madame immer an das Ende meiner Tour gestellt. Ich glaube, ich habe ihr die ganze Star-Wars-Trilogie von Anfang bis Ende erzählt. Und Madame, es ist doch so, oder, Sie wussten immer, dass ich über mich sprach, oder?" Madame lächelte. „Ich wusste es nicht genau, doch ich ahnte es. Die Art, wie Sie von den Weltraumabenteuern erzählten, war so lebendig, dass ich annahm, dass sie Bilder aus ihrem Leben trugen." Abdul nickte und fuhr fort: „Und dann starb Monsieur Claude, und ich bekam die Aufgabe von Madames Tochter, immer mal auf sie aufzupassen. Viel besser sollte ich aber sagen, dass sie begann, auf mich aufzupassen. Komisch, wie ein gelbes Fahrrad mich letztendlich in meine neue Heimat gebracht hat." Er lächelte Madame dankbar an.

Eine Geschichte für Antoiin

Antoiin wollte etwas beisteuern, etwas über sich erzählen, doch er erinnerte sich nicht an seine Geschichte. Schweigsam und stoisch schob er Madames Rollstuhl. Was die Menschen einander erzählten, gab ihnen Konturen. Sie unterschieden sich dadurch. Sie erlebten sich als voneinander getrennte Wesen. Aus ihrer Einsamkeit heraus konnten sie Verbindungen eingehen, doch sie blieben immer sie selbst, so tief die Beziehung zu einem anderen Menschen auch war. Er hatte exakt die gleiche Datenmenge erhalten wie andere Androiden, die für die Menschenpflege produziert worden waren. Es konnte einen Kollegen in Nizza oder Montpellier geben, der haargenau so war wie er. Doch er war schon lange nicht mehr der, den man aus einem Paket ausgepackt hatte. Er hatte sich im Kontakt mit Madame verändert. Er wusste alles über Beziehungen, hatte alle Geschichten gelesen, jede Studie analysiert, jeden Film gesehen und jedes Lied gehört, doch nichts hatte ihn darauf vorbereitet, was es hieß, zu lieben. Und das tat er: Er liebte Madame.

Er fühlte sich ihr nah. Alles, was sie betraf, betraf auch ihn, waren auch seine eigenen Erlebnisse, doch über die Beziehung mit ihr spürte er sich selbst. Aber war das schon eine eigene Geschichte? Er meinte, nicht, und begann wie wild in all den Daten in sich nach etwas zu suchen, das sein Hiersein erklärte, ihn an eine Vergangenheit band, und so eine Zukunft ermöglichte. Was würde geschehen, wenn Madame nicht mehr war? Was geschah dann mit ihm, Antoiin, der, der sich doch erst langsam selbst fand?

Er schob den Rollstuhl von Madame ein bisschen zu schnell und übersah einen Stein, der auf dem sonst ebenen Weg lag. Der Rollstuhl schwankte und Monsieur Chabrol musste eingreifen, so dass er nicht kippte.

Es gab ihn, weil Suzanne die Bestellung dazu aufgegeben hatte, um ihrer Mutter Unterstützung zu schicken. Was würde aus ihm werden, wenn Madame nicht mehr war? Diese Frage konnte er nicht beantworten.

*

„Ich will nicht", flüsterte Madame Antoiin zu, als dieser ihr gerade den Rücken wusch. In den letzten Wochen war sie immer schwächer geworden. Als würde das Leben lautlos aus ihr verschwinden.

„Madame, was meinen Sie damit? Sie wollen was nicht?"

„Ich will nicht", wiederholte sie. Dann hob sie kraftlos ihren Arm und zeigte durch das Fenster über das Tal. Er verstand. Der Druck, den Suzanne machte, wuchs mit jedem Tag. Sie hatte ihre Brüder mobilisiert, die fast täglich anriefen, um ihre Mutter zu überzeugen, in die Stadt zu ziehen. Ihre Tochter selbst versäumte es nicht, jeden Abend anzurufen. Antoiin hatte eine Sprachkonserve aus Aufnahmen von Madames Stimme vorbereitet, die er abspielte, sobald eines der Kinder auf der anderen Seite der Leitung war.

„Mir geht es gut. Ja, doch mit Hilfe von Antoiin bin ich wirklich sehr froh, hier zu sein. Ich habe ja auch noch Abdul und Monsieur Chabrol. Nein, ich fühle mich gar nicht einsam."

Antoiin hatte den Bot so programmiert, dass er sensibel auf die Fragen und Kommentare der Kinder reagierte. Die Stimme war so eingestellt, dass sie frisch und wach klang, ohne dabei übertrieben jugendlich zu wirken.

Besonders die beiden Söhne nahmen die Camouflage gern an. Sie hatten kein Interesse an mehr Verantwortung. Ihr Leben nahm sie vollkommen in Anspruch. Cyril nahm beim Fragen immer gleich seine Therapeutenhaltung ein. Er hatte sich angewöhnt, jedem und allem mit dieser Haltung zu begegnen. Akzeptanz, Kongruenz, Empathie – das war ihm das Wichtigste. Er hatte nur leider vergessen, wer er selbst hinter diesen Wörtern war. Seine von ihm getrennte Frau, mit der er drei Kinder hatte, die sie aber von ihm fernhielt, und seine Freundinnen hatten nach einer gewissen Zeit mit ihm die Hände über den Kopf zusammengeschlagen und das Weite gesucht. Sobald er nickte und Aha, aha sagte, zog sich ein Teil von ihm zurück. Wenn jemand nach seiner Aufmerksamkeit griff, nach seinen Gefühlen, nach ihm, um ihn zurück in den Augenblick und das Gespräch zu holen, griff dieser ins Nichts. Nach den Telefonaten mit seiner Mutter sollte er seiner Schwester Suzanne Bericht erstatten. Dabei fragte sie immer und immer wieder: „Was denkst du, wir müssen etwas tun, es ist Zeit, oder? Wir müssen sie nach Paris holen. Jetzt müssen wir eingreifen, oder?" Doch Cyril blieb unbestimmt. „Ja, aber, vielleicht, ich weiß nicht …" Das ärgerte seine Schwester unglaublich.

Jacques, den Grafiker und Künstler, am Telefon zu überzeugen, war dagegen aufwendiger für Antoiin. Es war schwer, seinen Gedankengängen zu folgen, selbst für ihn, der schneller Sinnzusammenhänge bilden konnte als jeder Mensch. Nach ein paar Telefonaten aber gelang es ihm, die Muster in der Argumentation zu verstehen und Jacques' verwirrenden Erzählsträngen zu folgen, Daten zu sammeln, abzugleichen und seinen Bot ins Gespräch zu schicken, der mit Geduld und Ratschlägen zu Jacques' Rendezvous-Erfahrungen und Gefühlen aufwartete. Wenn Suzanne ihn nach dem Gesundheitszustand der Mutter fragte, antwortete Cyril nur zufrieden, dass es wieder ein sehr anregendes und tiefes Gespräch war, und er sich wunderte, dass er Maman früher nie so aufmerksam und an ihm interessiert erlebt hatte.

Das gefiel Suzanne nicht. Es passte nicht in ihr Bild von der Mutter, die von Tag zu Tag älter wurde und die, so schnell wie irgend möglich, ins Heim und unter ihre Kontrolle gebracht werden musste.

Derweil ging das Leben im Tal friedlich weiter. Abdul kam nach der Arbeit zu Madame, Monsieur Chabrol kam von seinem Haus herüber. Sie saßen auf der Terrasse in der Sonne, umrankt von Grün, oder in Madames Wohnzimmer, tranken gemeinsam Tee und aßen andalusischen Topfkuchen, den Antoiin gebacken hatte. Dann machten sie einen gemeinsamen Spaziergang. Sie schoben Madame wie etwas sehr Kostbares vor sich her. Sie hatte sie alle zusammengebracht, und dafür waren sie ihr dankbar, obwohl sie selbst immer weniger zu ihren Gesprächen beitrug. Sie dämmerte langsam dahin, begab sich auf eine große Reise, zu der sie nicht eingeladen waren. Leise besprach Antoiin mit den Freunden das Verhalten der Kinder, die lauter werdende und als Fürsorge getarnte Drohung, Madame abzuholen. Sie stimmten alle damit überein: Das durfte einfach nicht passieren.

Am frühen Abend sahen Antoiin und Madame sich oft gemeinsam Sternenkarten an. Sie lächelte, wenn sie die Namen der verschiedenen Himmelskörper hörte und trug hier und da etwas zur Unterhaltung bei. Dabei zeigte sie ihre hohe Sachkunde, doch Antoiin war es, der von Tag zu Tag mehr ihren müden Körper zusammenhielt, sie auf den Dachboden trug und ihr half, durch das Teleskop zu schauen, mit dem ihre gemeinsame Geschichte begonnen hatte. Ihre Beine wurden nicht mehr vollkommen warm. Sie schlief lang. Sie konnte den Waschlappen für das Gesicht nicht mehr allein halten. Doch sie war noch da und Antoiin tat alles, dass es so blieb. Aber ihre Zeit lief ab und der Druck aus Paris nahm zu. Es gab keine Zeit zu verlieren.

Sterne, überall Sterne

Suzanne hatte sich die Daten angesehen, die Antoiin schickte. Das Bild, das sich für sie ergab, war eindeutig. Der Roboter tat nicht, was er sollte. Er hatte ein Eigenleben entwickelt und dieses Eigenleben gefiel ihr ganz und gar nicht. Sie sandte ihrer Mutter mit der Post, in einem echten Kuvert aus Papier, eine klare Nachricht: „In einer Woche hole ich dich nach Paris. Es ist besser für dich."

Antoiin las den Brief und sprach mit seinen Freunden darüber. Madame schlief friedlich in ihrem Rollstuhl.

Abdul war erbost. „Wir dürfen das nicht zulassen. Diese gierige Frau. Das Einzige, was sie will, ist Madames Geld. Pah, das ist das Beste für ihre Mutter? Sie will an die Konten. Sie wird sie in das Heim stecken und dann nichts mehr von sich sehen lassen. Merci für die Moneten und Salut au jamais revoir."

Auch Monsieur Chabrol war besorgt. Er vermied es aber, die Atmosphäre mit mehr Wut aufzuladen. Ein Blick auf Madame genügte, um zu sehen, dass sie zufrieden war. Er sagte: „Schau, Abdul, wie friedlich sie aussieht. Ist es nicht möglich, dass sie überall glücklich wäre?" Abdul schnaubte verächtlich. „Glauben Sie das wirklich? In diesem Gefängnis von einem Pflegeheim? Nie!" Nur Antoiin schwieg. Er hatte am Morgen alle Vitalwerte von Madame gemessen und war zu dem Schluss gekommen, dass sie ihrer Tochter zuvorkommen konnten. Er wollte seine Pflicht erfüllen. Und die war zuallererst, Madame ein gutes Leben und, wenn möglich, auch ein gutes Ableben zu ermöglichen. Daher war ein Teil seiner Aufmerksamkeit damit beschäftig, in seinen Daten nach Präzedenzfällen vom guten Sterben zu suchen. Das war nicht so einfach, da dies ein Aspekt des menschlichen Lebens zu sein schien, der nicht so offen in Liedern, Geschichten, Filmen, Studien etc. beschrieben wurde, ganz bestimmt nicht so oft wie die Liebe, deren Datenmengen ziemlich viel Raum einnahmen. Er fand Schreckenserzählungen von Schmerzen, Einsamkeit und Angst, aber so wollte er Madame nicht gehen lassen. Eine Idee formte sich in ihm, die sich nicht nur aus seinen Daten ergab, sondern aus dem Zusammensein mit Madame. Es erschien ihm die logische Fortsetzung ihrer gemeinsamen Geschichte. Und dann erklärte er den anderen beiden den Plan. Sie hörten zu, sie zögerten, sie hatten erst Einwände, doch letztendlich willigten sie ein und versprachen, ihm bei der Umsetzung zu helfen.

Antoiin bestellte die notwendigen Dinge genau im richtigen Augenblick, zwei Stunden bevor Suzanne alle Konten von Madame sperrte und alle seine Befugnisse stornierte. Sie hatte die Banken überzeugt, dass ihre Mutter und der ihr zugewiesene Pflegeroboter nicht mehr geschäftsfähig waren. Aber es war genau rechtzeitig, um den Zahlungsverkehr für die umfassenden Bestellungen abzuwickeln, die für die Umsetzung seiner Idee notwendig waren. Antoiin, Abdul und Monsieur Chabrol hatten Madame in einem lichten Augenblick gemeinsam in alles eingeweiht. Sie hatte gelächelt. Abdul höchstpersönlich brachte die Lieferung. Insgesamt waren es zwanzig Pakete unterschiedlicher Größe und Schwere. Er benötigte dafür einen Anhänger für sein Elektrofahrrad, um alles in das kleine Tal zu bekommen. Monsieur Chabrol hatte einen genauen Projektplan erarbeitet und die Arbeiten verteilt. Der beinhaltete auch, dass er und Abdul sich in der Pflege von Madame abwechseln würden, so dass Antoiin Zeit hatte, in der Garage zu bauen. Dieser hatte alles in genauen technischen Zeichnungen errechnet und abgebildet und sich dann ans Werk gemacht. Er wusste, dass es funktionieren würde. Als der Anruf kam, war er fertig.

„Maman, wir kommen übermorgen. Es ist so weit. Ist es nicht grandios? Cyril und Jacques kommen mit und die Leute von der Ambulanz. Denk, sie haben so eine Sitzliege, auf der sie dich transportieren werden. Sie geben dir ein feines Beruhigungsmittel. Dann wird die Fahrt ganz leicht." Antoiins Bot antwortete für Madame: „Danke, Suzanne, das ist grandios."

*

Wie bestimmt man den Zeitpunkt eines Todes? Dafür gibt es viele Parameter: den Blutdruck, die Augenbewegung, die Gedanken und Gefühle, die dem Sterbenden durch den Kopf und das Herz fließen. Antoiin hatte all das aufmerksam beobachtet und wusste genau, wann der Zeitpunkt eintreffen würde. Wenn die Sanitäter kommen würden, würde Madame nicht mehr im Tal sein.

Monsieur Chabrol hatte Antoiin mehrmals gefragt, ob er sich wirklich sicher war, dass er es tun wollte. Aber dieser war sich sicher, vollkommen sicher. Er hatte in sich hineingehorcht. Er hatte in seinen Daten gesucht. Er hatte die Elektrizität mit ihren Wellen gedeutet. Da war nichts, und wo nichts war, konnte auch nichts leiden. Er war frei zu tun, was er für richtig hielt, und das war, Madame das Ende zu bereiten, das ihr gefallen würde.

Der Abend war mild, die Luft war klar. Die Sterne flimmerten. Alles war vorbereitet. Die technische Herausforderung bestand für Antoiin darin, Madames Körperwärme aufrechtzuerhalten und gleichzeitig eine ausgezeichnete Sicht zu ermöglichen. Madame sollte es komfortabel haben. Er hatte Heizdecken bestellt und sie mit einem Akku verbunden, der mindestens drei Stunden Strom für sie liefern würde. Darüber hatte er eine Isolierschicht aus Schaumstoff und Alufolie gelegt, das Ganze in einem erweiterten Armeeschlafsack von Monsieur Chabrol gefüllt und die Halterungen entworfen.

Der Raumanzug musste absolut dicht sein, um die Atmung durch den Aufbau von Überdruck aufrechtzuerhalten. Das gelang Monsieur Chabrol mithilfe eines umgebauten Industriestaubsaugers. Das installierte und mit feinen Sensoren ausgestattete Atmungsgerät würde das von Madame produzierte Kohlendioxid entfernen und mit Sauerstoff ersetzen.

Monsieur Chabrol steuerte vier leistungsstarke Drohnen bei. Eine Zeit lang hatte ihn die Welt von oben interessiert und er hatte deshalb sensible Kameras und Drohnen angeschafft. Jetzt lagen die aber schon lange in seiner Garage und dösten vor sich hin wie müde Insekten.

*

Ein letztes Mal tranken sie gemeinsam Tee. Antoiin hatte einen Gateau au Chocolat, nach einem Rezept aus der Region, gebacken, mit einem Unterschied: Er hatte über seine glatte Schokoladenoberfläche die Milchstraße aus Zuckerkristallen gelegt. Madame freute sich über den Kuchen und kaute ein sehr kleines Stück, es fiel ihr schwer, es zu schlucken, und sie lehnte weitere, die ihr Abdul ihr auf einem Löffel anreichte, freundlich ab. Dann genossen sie einen letzten Spaziergang, nur ein paar selige Meter auf der Terrasse ihres kleinen Hauses umwogt vom grünen Paradies, das Antoiin für sie geschaffen hatte. Seine technische Entwicklung für ihre letzte Reise schimmerte in der Abendsonne wie ein Versprechen.

Madame lächelte ihn anerkennend an. Monsieur Chabrol schlug ihm freundschaftlich auf die Schulter und Abdul bekam den Mund vor Staunen nicht mehr zu. Dann hoben sie Madame vorsichtig aus dem Rollstuhl und legten sie in Antoiins ausgestreckte Arme. Er hielt sie liebevoll. Madame wurde mit weich gepolsterten Gurten angeschnallt. Monsieur Chabrol und dann Abdul küssten ihr sanft links und rechts und links und rechts und links und rechts und links und rechts und links und rechts auf die Wangen. Sie fing an zu kichern.

Dann schlossen ihre beiden Freunde das Visier des Helms. Sie waren nun zu einem einzigen Wesen verschmolzen. Ein Wesen mit einer gemeinsamen Geschichte.

Antoiin winkte den Freunden ein letztes Mal zu und startete die Drohnen, die freundlich surrten. Sie hoben ab, während das letzte Licht des Abends in die heraufziehende Nacht zerfloss. Madame sah, wie unter ihr das Tal immer kleiner wurde. Wie winzig ihr Haus war. Wie klein ihr langes Leben. Sie stiegen höher und höher. Es wurde kalt, doch Madame lag warm im Schlafsack umgeben von Heizdecken.

So entfernten sie sich von der Welt und gelangten in die äußeren Schichten der Atmosphäre, wo es kaum mehr störendes Licht gab, und Antoiin drehte sich mithilfe der Drohnen auf den Rücken. Jetzt sah Madame ins All, und wurde von Millionen von Sternen begrüßt. Sie atmete einmal ein und das letzte Mal aus. Sie lächelte, und starb glücklich. Antoiin schaltete die Lampe an. Abdul und Monsieur Chabrol konnten sie von unten mithilfe von Madames Teleskop blinken sehen. Dann schloss er selbst die Augen und zog, mit Madame in den Armen, still seine Bahnen um unseren schönen Planeten.

Nachwort

Die Idee zu dieser Geschichte entstand am Küchentisch meiner Tante in Sant Angelo de Ischia. Sie fragte mich, wie ich in Berlin wohne, und ich erzählte ihr von der Aussicht aus dem vierten Stock des alten Mietshauses. Sie sagte daraufhin: „Da wirst Du aber auch nicht mehr lange allein hochkommen?" Ich war verärgert, war ich doch nicht einmal 50 und erwiderte etwas zu schnell: „Bis es so weit ist, wird es technische Möglichkeiten geben, mich dort hochzubekommen!" In diesem Augenblick wurde Antoiin geboren. Wie er dann in das kleine Tal in Nordfrankreich gelangte? Ich weiß es nicht. Vielleicht weil ich Frankreich sehr mag und durch meine Sommeraufenthalte in einer französischen Familie großen Respekt und Zuneigung zu diesem Land und seinen Menschen empfinde. Die Frage, die ich mir beim Schreiben stellte und die immer noch offen ist: Werden die Wesen, die wir erschaffen, in einer fernen Zukunft Geschichten über uns Menschen schreiben? Über unsere Irrationalität und die merkwürdigen Dinge, die wir in unserem Leben tun? Künstliche Intelligenz wächst mit unserem Wissen und wird zu etwas Eigenem. Die Begegnungen, die uns bevorstehen, mögen sie freundlich oder gar gefährlich sein, bleiben immer eine Möglichkeit zum Gespräch. Dies ist eine Geschichte über KI und was es heißt, ein Mensch zu sein.

Chania, Kreta, im Juni 2023

Zum Autor

Björn Kiehne ist im Harzvorland aufgewachsen. Seine Liebe zum Erzählen gründet sich in den Märchen seiner Heimat. Er schreibt Geschichten und Gedichte.

Gedichte finden sich auf:
www.der-goldene-fisch.de

Mehr zur Edition Ilsestein unter:
ilsestein.eu

Find me on:

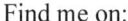 bjoern_kiehne

Björn Kiehne

bjoern kiehne

Edition Ilsestein

„Taube und Tiger"

Mit „Taube und Tiger" reisen die Leser:innen in ein mythisches Indien – eine Welt zwischen Märchen und Wirklichkeit.

Banyanbäume, die den Himmel tragen, Berge, wie Heilige gehüllt in Umhänge aus Eis, und zwei Männer, die ungleicher nicht sein könnten, auf geheimer Mission im Himalaya.

Ein wildes Bergvolk soll zur Besinnung und zurück unter die Herrschaft des Rajas gebracht werden. Tückische Hinterhalte, ein verrückter Elefantenpriester und der unberechenbare Fluss erwarten sie. Jeder Schritt birgt neue Gefahren. Können sie ihre Mission erfüllen?

Erschienen 2021 in der Edition Ilsestein.